La filla de la bòbila

Ascen Capel

La filla de la bòbila

La Campana

Penguin Random House Grupo Editorial

Primera edició: maig del 2023

Printed in Spain – Imprès a Espanya

ISBN: 978-84-19245-28-1
Dipòsit legal: B-5.759-2023

Compost a Comptex & Ass., S. L.

Imprès a Romanyà Valls, S. A.
Capellades (Barcelona)

CA 4 5 2 8 1

A la Lola, a la Teresa,
a l'Antònia, a l'Enriqueta,
a l'Elisa, a la Mònica

Una alenada de fresca estimulant, anunciadora del proper capvespre, l'abrigà de dalt a baix i semblà desensopir-la.

Víctor Català,
Solitud

1

A la bòbila, el forn funcionava dia i nit i cada dia de l'any, sempre. A l'estiu, la calor es feia insuportable, la pols d'argila, l'olor de llenya cremada i de carbó es barrejaven amb la pudor de suor dels homes que hi treballaven. Jo la sentia, aquesta fortor, i m'atreia. De ben petita ja els duia un tros de pa sucat amb l'oli de la tina. La mare no ho aprovava, perquè deia que la bòbila era cosa d'homes i perquè em volia a casa ajudant-la a pelar faves o a triar llenties. Per això, mirava de no fer nosa i passar-hi desapercebuda. De vegades, els acostava el càntir quan em semblava que el podien necessitar, i els homes ni s'adonaven que havia estat jo qui els l'havia deixat a la vora. S'havien acostumat a la meva presència i ningú no em mirava. Jo ja sabia, llavors, que si jo hagués estat xicot tot hauria estat més senzill. Aleshores la mare no s'hauria estimat més que l'ajudés a pelar faves o a triar llenties i ja li hauria estat bé que hagués acostat el càntir als homes. Però era noia i, si volia estar-m'hi, allà, m'havia d'amagar, fer com si no hi fos.

De tota la bòbila, el més emocionant era el forn, que funcionava dia i nit i cada dia de l'any, sempre. Això sí que m'estava prohibit, el més prohibit de tot. No podia apropar-m'hi, ni que fos de lluny, ni deixar que ningú em veiés a la vora quan l'obrien. M'ho havien repetit molts cops, tant la mare com el pare. I els homes també. Deien que el forn era l'infern, que si t'hi atansaves et xuclava i mories cremada. Romania sempre tancat i només l'obrien per tirar-hi llenya o carbó, i quan algú ho feia, ningú més s'hi arrambava. Tot i això, un dia el vaig veure. Em vaig amagar darrere una pila de totxos i vaig esperar una estona que se'm va fer molt llarga. Fins que van obrir la comporta i la meva mirada va quedar atrapada en el vermell roig, més roig que tots els rojos que jo havia vist de totes les brases del caliu del món. L'escalfor que en sortia era tan intensa que me'n vaig apartar espantada per por que em xuclés i, de debò, em dugués a l'infern, o que en sortís un drac que deixés anar una flamarada cap a mi i quedés rostida per sempre en la posició en què estava ara, a la gatzoneta, rere la pila de totxos encara calents, amb les galtes rubescents i el cor bategant de pressa.

Des del mateix amagatall podia observar com els homes traginaven les teules i els totxos fins a omplir el carro de la mula, pobra mula, que rumiava lligada al racó del pati. Quan estava carregat fins dalt, el pare se l'enduia i no tornava fins al capvespre, quan era buit. Jo l'esperava asseguda als graons de la porta de la casa i, mentrestant, imaginava que les teules servien per fer el sostre del castell del conte de l'Englantina, una cap amunt, l'altra cap avall, capiculades en la teulada ben empinada perquè, quan caigués la pluja forta, els canalons la fessin regalimar i s'hi formés una cortina d'aigua barrejada de fullaraca i pols que ho netejava tot, fent rierols que anaven cap al riu, que diuen que després va al mar i, tot i que mai no ho he vist, molt lluny.

Aleshores arribava el pare amb el carro buit, el deixava al racó i desfeia la mula.

—Bona feina, bona xicota —li deia mentre l'acaronava.

I la portava a la menjadora, on hi havia palla i aigua, i em veia asseguda als esglaons de la porta de casa i em feia un petó al front i em deia:

—Au!, anem a sopar.

I tot estava al seu lloc i tot anava bé.

Havia vist per primer cop el dibuix del castell de l'Englantina un dia de fira. Amb ma mare ens vam aturar davant una parada de canya i cordill que, entre pintes de cabell, ungüents per a la pell i puntes de coixí, tenia penjats d'una canya els romanços de dos i de quatre quartos en paper de fil, i també contes que a la capçalera duien un dibuix gravat. La dona que els venia feia la llista del que hi havia penjat de la corda amb una cantarella que allargava l'última síl·laba de cada paraula i anava assenyalant els fulls...: cobles, romanços, notícies del món, històries gairebé de veritat com la del Liandru i la Mília, fets sensacionals que us deixaran espaterrats, contes fantàstics, la vida del malfactor Serraller, els fàstics del jove i la pubilla, la vida de santa Eulàlia, el miracle del ruc i les eugues, novenes, sermons, moralitats, estampes, auques, ventalls, pronòstics, calendaris, quaderns de gramàtica i matemàtiques... Mentre la mare remenava estris de cosir, jo vaig clavar els ulls al conte. I la dona va deixar de recitar per desenganxar-lo de la canya i del cordill que el subjectava.

—El conte de l'Englantina té els dibuixos més bonics de tots, semblen fets amb tinta xinesa, veus? —I el va obrir i allà hi havia el castell, envoltat de lletres que encara no entenia, i ma mare, que semblava molt feliç aquell dia, el va comprar i me'l va donar.

—Per a tu i per als teus germans, per a quan sàpigues la lletra, que me l'hauràs d'explicar.

Quan el curs següent vaig anar a escola i vaig aprendre la lletra, un dia de primavera vaig llegir el conte a la mare i em va semblar que se li entelaven els ulls mentre em somreia.

El primer hivern d'escola seria el més fred i feliç de la meva vida. Vaig començar a anar a estudi quan el dia ja s'escurçava. Cada matí em llevava molt d'hora, quan els meus germans petits encara dormien i, sense que la mare m'hagués de cridar, em vestia a les fosques i baixava a correcuita les escales fins al pati. A trenc d'alba els homes entraven a la bòbila i, si el fred era molt intens, anaven directes al forn, que funcionava dia i nit i cada dia de l'any, sempre, i seien al voltant sense obrir-lo per tal d'escalfar-se abans d'emprendre la feina. La mare ja cuinejava i em tenia preparat un got de llet amb un tros de pa sec que em prenia com si fos la poció de la tos de quan estava malalta, per poder marxar de pressa. Preparava la llibreta que m'havia regalat la professora i el llapis, agafava una llesca de pa que també era sec i la ficava dins la tina d'oli, en un entrar i sortir, i l'embolicava amb paper d'estrassa per esmorzar.

—Adeu, mare, fins després. —«Adeu, pare» si el veia pel pati.

Fins a migdia no tornaria a casa, quan el sol seria dalt de tot. M'estaria amb la Cèlia i la Maria, les meves amigues, i encara millor, aprenent l'abecedari i els números i tot el que explicava la mestra. I no és que no m'agradés passar estones a la bòbila, m'encantava, però a l'estiu la mare m'havia dit que ja no podia trafegar entre els homes i els totxos, que l'havia d'ajudar a les feines de casa. Va ser per això que els vaig demanar d'anar a estudi, sense saber encara que em plauria tant.

—Si us plau, mare. Si us plau, pare.

S'ho van parlar i van dir que sí. Temps després sabria per què va resultar tan senzill.

—Anirà bé que sàpiga la lletra, no com jo, que no sé ni escriure el meu nom —va dir la mare amb el cap cot. El pare em va somriure i prou.

El primer dia em va voler acompanyar la mare, però li vaig insistir que hi podia arribar tota sola, que era a prop i que aniria molt amb compte, i hi va confiar. La mestra era la senyoreta Enriqueta, que ho sabia tot. Quan ens parlava, jo em quedava embadalida amb el seu to de veu, que escalfava, i amb les paraules que feia servir, tan boniques i estranyes.

—Jo de gran vull ser com vostè —li vaig etzibar un dia que va preguntar què volíem fer de grans.

I les nenes van fer «hi, hi, hi» i alguna va fer burleta com que feia la rosca a la mestra. Però era la veritat, i em va sortir així, tal com raja. I és que jo, llavors, ho volia saber tot, de debò.

Quan van florir els ametllers i se sentia el cant de la puput, ja havia après la lletra. La senyoreta Enriqueta n'estava de mi, jo l'hi veia, em feia llegir en veu alta i em sentia especial. Quan acabava la classe, em mostrava els seus llibres com si fossin pedres precioses. Jo els passava la mà per la coberta i mirava de llegir-ne el títol, lletrejant-lo i resseguint-lo amb la punta del dit. *Canyes i fang. Solitud. Robinson.* Em deia que aviat me'n deixaria un per a mi sola, per llegir-lo a poc a poc, que l'havia de gaudir i entendre, i afegia que el millor amic que podia tenir era un llibre i coses així que jo llavors no comprenia. Amb el temps, vaig recordar les seves paraules, quan en moments difícils tenia una novel·la a prop que em reconfortava i em servia d'amagatall per desaparèixer, si calia. També, amb el temps, vaig saber que havia estat la senyoreta Enriqueta qui havia convençut els pares perquè jo anés a estudi. Mai no li ho vaig agrair prou.

Tenia dos germans més petits, en Pere i l'Elisa, i ma mare esperava una altra filla, la Teresa. Després encara en vindrien dos més, en Jaumet i la Margarida, «la darrera flor de primavera», que deia la mare. Jo era la gran, i sempre ho vaig ser. Tot i que no me'n sentia jo, de gran, que es veu que vol dir «assenyada». M'ho deia la padrina quan venia a visitar-nos.

—No sembles la gran tu, Lola, i no fas honor al teu nom, que et ve per la iaia Lola, la meva sogra, una dona santa i cabal. És més assenyada la teva germana petita que no pas tu.

I això em divertia. I era veritat. L'Elisa era molt més assossegada que jo. Podia ser al costat de la mare sense fer-se notar un dia sencer, sense plànyer-se'n, ni bellugar-se, ni molestar. Jugava amb una mena de nina de drap, que havia estat meva i que li agradava molt, li deia «Drapeta» i li parlava, la netejava, feia com que la paixia i la posava a dormir. Jo no. Jo no la volia, la nina, ni sabia què dir-li, preferia llançar pedres al riu, fer cases amb toves trencades i anar amb el pare al carro fins a l'ermita de Sant Pere. Des d'allà es veia el món. Els camps de colors diferents segons si era la primavera o la tardor, el riu, el congost, el poble, les cases i la gent, molt petita. I també es veia el cel, ben clar. Força més clar que des de la bòbila, que sempre estava enteranyinat pel fum de la xemeneia descomunal que el travessava i un cop als núvols s'hi agermanava. El cel del cim de Sant Pere creuava d'un cantó a l'altre l'horitzó, des dels camps fins a la muntanya i des de la gorja fins a la vall del riu. Depenent de l'hora del dia, podia veure la sortida del sol i la posta, amb tots els tons de vermells i grocs, i a vegades la lluna, al capvespre o de dia, a l'altra banda del sol. I això m'emocionava, i sempre aplaudia quan hi arribàvem. El pare em veia xalar tant que sovint era ell el que em deia:

—Lola, vols venir fins al turó de Sant Pere? —Ho preguntava amb un somriure als ulls que esperava la meva resposta, que solia ser un sí llarg i agut amb un xiscle d'excitació.

Altres cops, era jo que li ho demanava:

—Pare, puja per Sant Pere? —Quan anava a sortir, amb el carro ple.

Si la resposta era sí, ell mateix m'hi convidava, i si era no:

—No, filleta, un altre dia. —Jo ho acceptava bé.

—No passa res, pare, que tingui un bon viatge. —I li obria i tancava la porta del pati de la bòbila, tot saludant-lo amb la mà i somrient-li, amb la satisfacció de no sentir cap enuig, només un xic de melangia.

Les peces d'argila s'amuntegaven al pati de la bòbila, endreçades en pilones que creixien o minvaven segons el dia. Eren de diferents mides i formes, i també n'hi havia de diferents colors. A més de les teules, hi havia maons, totxos, cairons, rajoles, pitxolins, toves, barretes i mitjans. Totes les peces eren més o menys vermelloses en funció del temps de cocció: com més temps al forn, més blanques em sortien i eren més valuoses. Jo no ho entenia, em semblaven molt més boniques les roges ben roges, com l'argila del talús. El pare deia que les peces són com les persones, cadascuna és diferent i fa un servei que no pot fer l'altra.

—Per exemple —m'alliçonava quan anàvem al carro—, un maó serveix per construir, per pujar una paret, però si vols fer un pilar que duri tota la vida, l'has de fer de totxo gruixut. La rajola és fina i ferma, igual de forta que de formosa, per a un passamà o un terra lluït. Els cairons fan un quadrat perfecte i també fan goig. El color no té gaire importància. Igual fa la feina un totxo roig com el vi que un de blanc com la llet; ara, que si per caprici algú vol maons o rajoles ben blanques, s'ha de ficar molta més llenya al forn i han de pagar més calés.

—I els pitxolins, pare? Què són els pitxolins? —preguntava jo, i el pare somreia, cofoi.

—Els pitxolins són com tu, filleta, menuts, prims i llestos, i serveixen per a tot! —I rèiem. Sovint em cridava així, el pare: «Pitxolí, vine!», «Què fas, pitxolí?», «Pitxolí, com va?».

Fins que vaig créixer i em vaig tornar «rajola», com deia ell, fina i ferma, igual de forta que de formosa.

La Cèlia era filla del forner de cal Tort i sempre feia olor de pa acabat de fer. El primer dia d'escola, en arribar, em vaig quedar tota sola al bell mig del pati amb els ulls clavats en un rellotge de sol que lluïa a la paret, mirant de desxifrar com es llegien les hores.

—És de sol —em va dir ella—. Avui no es veu res, perquè no en fa. —Parlava a poc a poc, mastegant les paraules com perquè jo l'entengués—. Quan li toqui de ple, l'ombra del gnòmon, que així es diu la tija del mig, marcarà l'hora.

I me'l va assenyalar.

—Ja ho veuràs.

Jo continuava sense dir ni piu, embadalida pel mecanisme màgic i ara també per la veu dolça de la noieta que feia olor de pa i que en sabia tant, gnòmon, gnòmon. Aleshores va sonar una campaneta i totes es van posar en fila i jo vaig romandre on era sense saber què fer. La Cèlia em va rodejar amb el braç suaument i em va col·locar davant seu. Em vaig girar per mirar-la bé i vaig trobar uns ulls rodons de color de xocolata de pedra com les dues trenes curtes que duia, que els feien semblar encara més grossos, amb les galtes molsudes de pa de pessic sostingudes per un somriure que li omplia tota la cara. Vaig pensar que era un àngel dolç que havia aparegut per guiar-me en un nou univers de normes que tothom semblava conèixer. I així va ser la Cèlia, bona com el pa que pastaven a casa seva i de vegades també una mica feixuga com el recapte de fa més de tres dies que costa de mastegar i de pair. Com quan parlàvem del que seríem de grans, i ella volia ser esposa i mare. Així ho deia: «Jo vull ser esposa i mare», en aquest ordre.

Jo li preguntava què volia dir «esposa» i ella em responia que ho eres quan et casaves a l'església i el capellà ho santificava i que era el millor que et podia passar. I jo li demanava pel noi.

—I el noi? —li deia—. Què passa amb el noi amb qui et cases?

—Res, què hi ha de passar? Serà l'espòs.

—Però com el tries...?

—Tu no l'has de triar —m'aturava—, ell et tria a tu i ja està.

—I si no t'agrada? —li replicava jo.

—Això no pot passar, si és el teu espòs l'estimes segur, perquè Déu l'ha escollit per a tu.

Aleshores s'acabava la conversa. Si sortia Deunostresenyor, ja no es podia continuar, perquè no li podíem dur la contrària. També hi apareixia quan deia que volia ser mare, de molts fills, els que Déu vulgui. Aquest tema era més delicat. Cap de nosaltres sabia ben bé com es feien els fills, era un miracle amb una part misteriosa que només els grans coneixien i que no estaven disposats a compartir amb la canalla, més enllà de fer algun acudit i riure en veure que no lligàvem caps. Malgrat això, sí que teníem algunes certeses de missa com ara que la Verge Maria era verge i havia tingut el Fill de Déu de l'Esperit Sant, sense pecat. No sabíem què volia dir «verge», «pecat», «esperit sant» ni «fill de Déu», però podíem intuir que en aquelles quatre paraules hi havia tot el suc de la qüestió.

La Maria va aparèixer més tard. Els seus pares eren mercaders de fils i havien vingut a viure a la vila a finals d'any fugint d'alguna cosa que els havia passat, que la gent rumorejava i que mai no vaig saber del cert què havia estat. Uns deien que deutes, una baralla amb el pare d'ella, una batussa amb el pare d'ell..., el cas és que se sentien xafarderies arreu i ningú no n'aclaria res. Quan ho vaig demanar a la mare, em va contestar que no se n'havia de fer, de safareig.

—Prou en tenim cadascú, amb les nostres cuites, per estar per les dels altres!

Jo tampoc no n'era, de tafanera, tant em feia la vida de la gent, però la frase de la mare no la vaig entendre del tot fins anys després, quan les maldiences vindrien cap a mi, i aleshores vaig admirar el seu tarannà, sempre prudent i sense malparlar de ningú.

Era molt callada, la Maria, i no obria la boca per queixar-se de res. Tenia la cabellera curta i negra com la pell, que era ben bruna. Alta, prima i de faccions retallades com les noies que sortien als dibuixos de l'Egipte de l'antiguitat. El dia que va arribar, quan va sonar la campaneta, la Cèlia se li va acostar, la va enrondar amb el braç amb tendresa i la va col·locar davant seu, jo al darrere. Ella no es va girar, i no li va poder veure les galtes de pa de pessic, ni els ulls grossos de xocolata de pedra ni el vast somrís que li omplia tota la cara. Es va quedar mirant endavant, recta i seriosa com una estàtua, fins que vam entrar a classe i vam seure de costat. La vam ajudar a entendre-ho tot i ens vam fer amigues inseparables.

La Maria no volia ser esposa i mare com la Cèlia, però tampoc no deia el que volia. Creia que la vida ja estava escrita i que totes teníem un destí. Que no calia pensar-hi gaire, perquè, féssim el que féssim, passaria el que havia de passar. No parlava tant de Deunostresenyor, però quan li demanaves qui i com decidia tot això, també acabava per dir que era Déu qui ho arranjava tot. I la conversa finia, perquè no es podia contradir. Quan xerràvem, jo aconseguia neguitejar-les. Per a mi tot es podia escollir, els deia que la vida teixia molts camins i que tu els podies triar.

—Per tornar a casa —els explicava perquè ho entenguessin— puc escollir anar per la carretera, pel dret o bé pels carrerons de la vila, que es triga una mica més, però a canvi no passen les tartanes que aixequen pols, i a l'estiu no cau la solana de ple. També puc triar anar pel cantó assolellat del carrer quan fa fred i surt el sol esmorteït enmig de la boira, només perquè em toqui una mica, i també puc mirar al cel i no a terra mentre camino, i fer saltirons, i xiular. Això de xiular no sempre ho puc fer, he d'anar amb compte amb qui em sent, perquè em renyen i em retreuen que és cosa de xicots. Però també puc decidir anar al riu a tirar pedres i des d'allà xiular i xiular sense parar i sense que ningú em digui res.

—Amb en Martí —interrompia la Cèlia amb una rialleta.

—Potser sí, amb en Martí, o tota sola, jo trio —contestava amb aire de suficiència.

—O sigui, gairebé tot ho pots decidir —concloïa jo.

—Menys la mort —rematava la Maria—, que ja està escrita.

I abaixava el cap, i contava en veu baixa allò de la seva padrina, que li va caure un llamp mentre venia de la font una tarda quan la tempesta encara no hi era tota, i el primer fulgor la va deixar estesa i morta al camí. I ningú no s'ho podia explicar. Per això la Maria deia que quan t'ha d'arribar, t'arriba; que el dia de la teva mort està escrit, per bé que ningú no sabia del cert on. Enraonàvem sense perdre el fil, la Cèlia, la Maria i jo, llargues converses sobre totes les coses, però quan sortia la mort jo els canviava de tema de seguida, proposava d'anar a la plaça del Blat o a córrer sota els porxos. Jo no volia pensar-hi ni donar voltes a la mort, ni saber si estava escrita o no. Volia tenir una vida bonica, meva, i la volia triar.

Pel poble corrien moltes històries. No saps a quina edat les sents per primera vegada, però jo ja sabia de sempre que en Martí era fill de l'Antonio Sala de la fonda i de la Isabel de cal Ton, que va morir en el part, molt jove. L'Antonio va embogir de dolor i va culpar el nen de la mort de la seva dona. Encara pitjor, no el va voler veure fins que va fer tres anys, quan va acabar el dol. Durant aquest temps, en Martí es va estar amb la padrina, la mare de sa mare, que també va morir després d'un mal lleig o de pena. Llavors el pare es va tornar a casar i la segona muller va acceptar fer-se càrrec d'en Martí, tot i el rebuig del pare.

Jo l'havia sentida a trossos, aquesta història, d'aquí i d'allà, però mai no m'havia preguntat res, perquè tampoc coneixia gaire en Martí, jo, ni m'importava. Fins que un dia, quan ja s'allargaven les tardes i s'ensumava l'estiu, me'l vaig trobar vora el riu tot sol, tirant còdols amb el braç com un flagell fins que arribaven a sota el pont de pedra i arcs i trencaven el reflex de la rodona perfecta. Em vaig situar a la mateixa ribera, més amunt. Després de mirar fixament com llançava les pedres, dues o tres, vaig agafar-ne una, ben rodona i plana, mitjana, me la vaig col·locar entre l'índex i el polze, vaig tirar enrere el braç a l'altura del meu cos a poc a poc i, quan va ser gairebé darrere meu, la vaig deixar anar d'una fuetada com si m'hi anés la vida. El cantal va lliscar sobre l'aigua del riu, va passar davant d'en Martí i va rebotar un, dos, tres cops, fins a enfonsar-se al quart, en el precís instant en què una calessa creuava el pont amb la fressa dels cascos dels cavalls contra les llambordes. En Martí em va mirar bocabadat i va xiular.

—Renoi, com has après a llançar-les així?

—Me'n va ensenyar el pare —vaig dir.

Em va venir al pensament l'estiu d'en feia dos, una tarda calorosa en què no es podia ni respirar, quan la mare va demanar al pare que ens dugués a mi i a en Pere al riu, que ella es quedava amb la petita Elisa a l'eixida, remullant-la sencera. Havien parat la feina i fins i tot els homes havien deixat de treballar i ningú no es movia. Deien que mai no havia fet tanta calor. El pare ens va portar pel camí del molí fins a aquell mateix indret, es va arremangar els pantalons i, agafant el Pere d'una mà i de l'altra a mi, ens vam ficar tots tres al riu fins que l'aigua va cobrir la panxa del petit.

Encara puc notar l'aspror de l'immens palmell de la mà del pare amb restes de sorra d'argila que feien una mena de pessigolles. Ens va remullar els caps i ens vam esquitxar l'un a l'altre mentre jo xalava i xisclava d'emoció. Després em va ensenyar com projectar pedres al riu, com col·locar el cos i agafar-les, i com llançar el braç per fer-les lliscar perquè rebotessin un, dos, tres, fins a quatre cops abans d'enfonsar-se, deixant cercles d'aigua que s'anaven fent grans al mig del gorg, sota el pont de pedra i arcs que, en reflectir-se a l'aigua mansa, feien una rodona perfecta, fins a desaparèixer.

En Martí va tornar a xiular, ara amb un to més seriós. Ja no vam intercanviar més paraules aquell dia. Vam tirar pedres, una darrere l'altra, ara tu, ara jo, fins que em va semblar que era tard i vaig anar-me'n corrents cap a casa amb un adeu i prou. L'endemà, en sortir d'escola, hi vaig tornar. En Martí hi era, al lloc exacte on l'havia deixat el dia abans. Vam fer el mateix durant una bona colla de dies seguits... De sobte, una tarda, sense venir a tomb, li vaig etzibar:

—És veritat que ta mare va morir quan vas néixer?

—Sí —va respondre.

Es va fer un silenci llarg trencat pel colpir dels còdols contra l'aigua, els pollancres xocant entre si i el refilar d'un pit-roig proper.

—Vols venir algun dia a la bòbila i mirem com es fan els totxos? Potser podrem veure el forn.

—Algun dia —va dir ell, sense girar-se ni canviar el posat de gran que feia, amb la gorra que no es treia mai i els ulls petits de pardal esquiu que no vol saber res dels humans.

Va continuar llançant pedres al riu, fent-les lliscar perquè rebotessin un, dos, tres, fins a quatre cops abans d'enfonsar-se, deixant cercles d'aigua que s'anaven fent grans al mig del gorg, sota el pont de pedra i arcs que, en reflectir-se a l'aigua mansa, feien una rodona perfecta, fins a desaparèixer.

Els diumenges anàvem a missa i en sortir fèiem un tomb per la vila abans de tornar a casa a dinar. Si hi havia sardanes a la plaça del Mercadal, la mare i el pare en ballaven i em demanaven que tingués cura dels petits. Jo me'ls mirava i seguia el ritme amb els peus, i amb una mà agafava l'Elisa i amb l'altra en Pere, que volia desempallegar-se de mi. Aviat faria sis anys i no era de creure. Jo li deia:

—Pere, balla amb mi. —I ell feia com que se sabia els passos, i després s'escapolia entre les cames de la gent.

Sempre m'han agradat les sardanes, el ritme d'«un dos tres, un dos tres» em fa venir un somriure, com quan una cadernera refila i el món s'atura fins que deixa de cantar. També perquè veia el pare i la mare alegres, com en cap altra ocasió. La mare feia saltirons i els pits li dansaven també amb força, ella que semblava tan vergonyosa quan era a casa. El pare li somreia de tant en tant amb els ulls brillants i ella li tornava el somrís, feliços.

Alguna vegada es formava una rotllana de petits i m'hi afegia, amb la Cèlia, que en sabia més que jo. Botàvem com quan saltàvem a corda, però amb el ritme «un dos tres, un dos tres», i rèiem cada cop que ens equivocàvem de pas, que era sovint, i la Ramona Blanc, que era la que manava, ens renyava amb la mirada. Ella comptava els passos i deia quan eren curts i quan llargs, quan era el contrapunt i quan s'havia d'acabar. Sempre que ballava portava una faldilla blanca amb enagos de punta de coixí, una cinta al cap vermella amb un llaç al costat i espardenyes blanques amb les vetes també vermelles, que li conjuntaven. Feia veritable goig, la Ramona Blanc. Nosaltres anàvem mudades de diumenge, però sense vetes de colors, ni enagos ni llaç, és clar.

Si no hi havia sardanes i no era un dia assenyalat com ara la festa major o Sant Antoni, la processó de Setmana Santa, les Caramelles, Corpus Christi o qualsevol altra, el pare ens preguntava si volíem veure passar el cotxe de línia. Molta gent ens reuníem als vorals de la carretera i, quan de lluny se sentia el soroll del motor, picàvem de mans fins que rodava davant nostre amb la ferum que feia, i la canalla el seguíem corrent fins a la placeta on tenia la parada i ens omplia de la pols que aixecava pel camí, i ens rabejàvem. Durant l'espera, el pare ens explicava com era el cotxe i com funcionava.

—Aquest és el primer vehicle de motor que circula per les terres de Ponent —afirmava en to solemne—. El primer cop que va entrar al poble va ser el 31 de març del 1901 i anava precedit d'un ciclista que avisava i prevenia del seu pas. És un autobús de fabricació francesa, marca De-Dion-Bouton —i això ho deia, de vegades, tal com s'escrivia, Bouton, i d'altres com si sabés francès, tancant la boca i dient «Buton», i ens feia riure.

Deia que el motor funcionava perquè tenia un cilindre on explotava la benzina i feia que un pistó mogués l'eix, i aquest les rodes, i que la potència era d'un cavall o més. Jo el mirava embadalida sense entendre res. Que tot això ho havia après del xofer, que el coneixia, que un dia li havia mostrat el cotxe per dins i li havia promès que li ensenyaria a conduir-lo. Després venien les meves preguntes.

—Què és un cilindre? Què vol dir explotar la benzina? Com el forn de la bòbila? I un pistó? On és l'eix? I els cavalls? Com s'ho fa per girar? I per parar? Per què treu fum? Per què no són de veritat els cavalls? Com fa el que tu vols? —I moltes més.

També deia que un dia canviaríem la tartana per un camió de motor. Que seria aviat, quan tinguéssim prou diners. Que això era el futur i que podríem carregar moltes peces i repartir-les força més lluny i que a les portes hi pintaríem un cartell, «Teuleria Roig», amb lletres vermelles com l'argila. Després, a la nit, jo m'adormia mentre somiava els automòbils i em veia conduint-ne un de molt alt i luxós i quan volia baixar no arribava a terra i a sota hi havia l'aigua del riu i queia i em mullava tota i em despertava ben suada.

A la tardor van venir les riuades, semblava que totes les muntanyes volien descendir pel riu fins al mar. Els camps s'havien negat i dos pagesos van morir quan intentaven salvar el bestiar que s'enduia la torrentada. Aigua amb rocs, arbres, branques i fang davallaven des dels cims i topaven amb tot allò que se'ls posés al davant. El pont de pedra i arcs va caure gairebé sencer, el cabal li havia arribat fins a cobrir l'arcada, que va fer com una presa on tot el que baixava hi quedava atrapat, fins que es va esberlar i se'n va esmicolar un bon tros. En pocs dies, manobres d'arreu en van bastir al costat un de fusta provisional perquè travessessin les autoritats que venien a examinar les destrosses. Tot el poble vam anar a veure-les passar. Mai no havia vingut ningú tan important, deien que inclús el rei hi passaria.

La nostra família va sortir al davant de la porta del pati de la bòbila. A la vorera contrària de la carretera hi havia els Sala. Hi eren tots, l'Antonio i la seva dona i els dos fills petits, més en Martí. Ens vam creuar la mirada i, sense dir-nos res, vam sortir del grup i, cadascú pel seu voral, va anar fins al riu, sense que ningú s'hi fixés. Allà hi havia el pont de fusta i les restes del nostre pont de pedra i arcs, ara tan malmès. La gent s'havia quedat als marges del camí de la vila amb banderoles que havien repartit per saludar el rei, i en Martí i jo vam travessar el pont de fusta corrent, saltant les bigues i riells que hi havien col·locat, per amagar-nos entre els pollancres a l'altra riba del riu per veure la comitiva. Des del nostre cau podíem observar-ho tot.

El seguici eren tres cotxes que anaven a poc a poc. El primer era de cavalls, un carruatge luxós que semblava com el dels enterraments, amb el cotxer tot mudat. A dins hi anava el batlle, que obria la processó i l'acompanyava fins als afores de la vila. El segon vehicle era molt més interessant, de motor, descobert i magnificent, amb el xofer d'uniforme que semblava militar, amb gorra plana i botonera que lluïa tant com els fars i els eixos de les rodes. Em vaig fixar que el volant era a la dreta i que als costats duia llantes blanques de recanvi, que feien joc amb una lona que devia ser el cobert recollit rere els passatgers. Hi anaven quatre homes, dos al davant i dos al darrere, empolainats de ciutat. No vaig gosar dir res, per por que se'ns sentís i de no poder callar si arrencava a comentar tot allò que tenia al davant i el que sabia dels cotxes de motor, i vaig decidir mirar-ho tot, com en Martí, en silenci.

El xofer va tocar la botzina abans de travessar el pont, que va sonar com una sirena de fira desafinada. L'home més jove que era als seients posteriors saludava la gent amb la mà. Tancava el seguici un altre automòbil tot cobert, no tan ostentós, que no deixava veure res de dins. Quan la berlina acabava de travessar el riu i els que els seguien el pont de fusta, la palanca cedí al pes dels automòbils, acostumat a les tartanes i els carros de mules i cavalls, i el cotxe del rei, que era al bell mig, va caure de ple al riu! En Martí i jo ho vam veure tot, i també com sortia el rei, que era un home jove, i la gent s'hi acostava a ajudar-lo i li deien «majestat, majestat» i ell havia quedat tot xop i brut.

Vam continuar en el nostre amagatall veient com una munió de gent s'organitzava per treure el cotxe del riu amb mules. Algú va portar roba neta al rei, que també aparençava ajudar a estirar la corda lligada a l'automòbil, tot brut de llot. Va agafar-la i va venir directe a pas lleuger a sota els pollancres a canviar-se. Allà on érem nosaltres i d'on ja no podíem fugir. Es va posar d'esquena sense adonar-se de la nostra presència i es va treure els pantalons i els calçons, deixant a la vista les seves natges blanques com el marbre. L'ajudant venia al darrere i aquest sí que ens va veure de seguida i ens va recriminar molt enfadat què hi fèiem, allà, i el rei va fer un salt com si s'hagués punxat amb un fibló i va cridar amb veu aguda de cantant de sarsuela «fuera niños, fuera» en to altiu i nerviós. I vam fugir cames ajudeu-me, rient, divertits.

Ens vam quedar a dalt per degustar com acabava l'episodi. Al final, van treure l'automòbil fastuós, que va quedar enfangat, i va travessar el riu l'últim cotxe per la banda de més amunt, on hi havia poca fondària, i van encotxar-hi el rei amb la roba neta i van marxar, sense saludar ni acomiadar-se de ningú, ni tan sols de tota la gentada que els havia ajudat.

En Martí i jo ens agitàvem d'emoció per haver estat testimonis de tot allò. Veure aquells cotxes de motor tan opulents, que mai abans havien passat per la vila, i contemplar l'escena de la caiguda al riu amb el sobirà a dins! I l'alliberament, i veure-li el pandero i la trobada amb el personatge amb el posat d'estirat que feia... Ens ho anàvem repetint l'un a l'altra trepitjant-nos les paraules i adelitant-nos.

—No s'ho creuran a casa quan els ho expliqui —vaig dir jo.

—Lola, i si no ho xerrem a ningú? I si ens ho guardem per a nosaltres, tot això? Pot ser el nostre secret.

—D'acord —vaig assentir, sense preguntar-li el perquè, només amb la certesa que tenir un secret amb en Martí era alguna cosa bona, de segur.

Dies després, quan va cessar de ploure, que semblava que

no ho faria mai i que ja hauríem d'anar en barca pel poble, va sortir publicat al diari que l'automòbil del rei s'havia precipitat al riu i que amb l'ajuda de la gent i amb el seu propi esforç havien aconseguit recuperar-lo i passar-lo a l'altra banda. El poble n'anava ple, perquè molts ho havien vist i d'altres havien auxiliat en el rescat, però, quan ho van veure escrit, encara va esdevenir un fet més important per a la història de la vila envoltada de ponts. En Martí i jo callàvem tot el que havíem presenciat, per amagar el nostre secret, que ens feia somriure de tant en tant i ens lligava amb un nus ferm, perdurable.

La meva primera comunió va ser a la parròquia de Santa Maria quan tenia nou anys. La faríem junts amb el meu germà Pere, que n'acabava de fer set. Va ser mossèn Benet qui la va oficiar. Era un dia important per a la família, tots empolainats i amb cares alegres, festives. Havien vingut els padrins des del llogaret proper on vivien i havien preparat un capó per dinar després de missa. Moltes noies i nois del poble la faríem plegats, encara que havíem de seure els nois en un costat i les noies a l'altre.

La mare m'havia cosit un vestit blanc fins als turmells, com una túnica, me l'havia emprovat dues tardes quan el sol queia i ella es quedava a les nits amb un llum d'oli per acabar-lo, mentre amb un peu gronxava el bressol on dormia la Teresa, que feia poc que havia nascut. Em feia estar quieta com una estàtua quan me l'emprovava, jo notava els seus dits que fregaven les costures amb dolçor i em venien esgarrifances i tremolava tota amb el tacte de seda de la roba i la fricció dels seus polzes. La mare somreia sota el nas, concentrada a embastar, i m'anava dient:

—Lola, no et belluguis, que et puc clavar una agulla. —I jo agafava aire per ni tan sols respirar.

Per sobre hi portaria una mantellina que havia fet servir la mare al seu casament. M'havia fet anar a la seva habitació amb un aire misteriós, com per revelar-me una confidència. La mare era capaç de tenir-ne moltes, d'històries amagades. Tancava per a ella, amb clau, les coses i els pensaments, i de tard en tard, en el moment menys pensat, els compartia, sense que ningú ho sabés. Em va demanar d'enfilar-me a la cadira per baixar una capsa que hi havia sobre l'armari.

—Aquesta no, la de sobre, més prima.

La vaig deixar al damunt del seu llit. Va obrir-la amb les dues mans, com qui descobreix un tresor, i em va mirar amb els ulls brillants, ufana. Va desembolcallar-la del paper de seda blanc que la cobria, a poc a poc, acaronant cada plec amb cura, fent amb cada toc un so com d'aleteig de colomins. Allà hi havia la mantellina, amb desenes de papallones enganxades a una teranyina brodada de punta de coixí.

—És per a tu, per a la comunió. La duia al meu casament i m'ha portat molta ventura, filla. Vull que la llueixis aquest dia, així podràs gaudir de les seves bondats molt abans.

I me la va col·locar suaument sobre la mitja cabellera de rínxols terrosos. Em va acostar el mirall que tenia sobre la calaixera i jo, en veure-m'hi, vaig fer un aliret i em vaig tapar la boca amb la mà.

—Gràcies, mare, és preciosa.

Ella em mirava amb tendresa i amor. I a mi m'agradava. Sabia que no tenia sentit, que jo no volia saber res de núvies ni casoris, però la mantellina amb desenes de papallones enganxades a una teranyina brodada de punta de coixí caient pels meus rínxols terrossos i el vestit blanc com una túnica fins als peus que m'havia cosit la mare em feien feliç. I, a més, encara que podia semblar una núvia, jo no m'havia de casar amb ningú. La meva parella era el meu germà, i això era fantàstic i també una mica perillós, perquè en qualsevol moment podia fer-ne alguna. Era molt trapella, en Pere. Li agradava fer entremaliadures perquè sí, sense motiu. Com el dia que, fent la prova per a la comunió, es va amagar a sota el banc i quan em va tocar a mi sortir de la filera de la bancada de noies que s'ajuntaven amb els nois, no hi havia ningú a l'altra banda. El mossèn va fer un crit.

—Pere Roig Codina, on ets?

Es va enfurir molt, el capellà, amb la brometa, i quan va acabar l'assaig va anar a dir a la mare que, si continuava així, el meu germà no podria fer la primera comunió perquè no observava el camí que li marcava Deunostresenyor. A mi, sincerament, tampoc no em va fer gràcia, perquè de retruc rebia jo.

—On és el teu germà, Lola Roig? Fes-lo sortir immediatament! Tu ets la gran i te n'has d'encarregar!

I també em va amenaçar que jo no faria la comunió. No m'importava gaire el fet, sinó la festa, el vestit, la mantellina, la il·lusió dels pares i padrins i anar tota la família a la tartana, plegats. L'havíem guarnit com per a una processó, amb flors silvestres que havíem recollit als camps la vigília. La mula portaria una corona de margarides blanques, igual que jo! Això va ser idea meva i n'estava ben orgullosa. La matinada abans li vaig xiuxiuejar a cau d'orella, quan ningú em veia:

—Mula bonica, avui et batejo, perquè no has tingut mai nom i no t'ho mereixes, tu, això. A partir d'avui et diràs Caironа, com la rajola quadrada, que és com t'agrada anar a tu, tot recte i no fer voltes ni giravolts.

I li vaig tirar un rajolí d'aigua pel damunt.

—Demà lluiràs una corona de margarides com la meva i ens duràs a tota la família a l'altar.

En Pere portava un vestit de mudar que li havien deixat i n'havia de tenir cura perquè s'havia de tornar. Feia patxoca, però ell no n'estava, de content, no li agradava res de tot allò. Ni la festa, ni la il·lusió dels pares, ni anar tots en tartana ni, per descomptat, el vestit, pel qual, a sobre, havia de vetllar tot el temps. En Pere volia córrer i desaparèixer. Es bellugava tota l'estona, amb el pensament anat, sense que ningú sabés ben bé cap a on, ni tan sols ell. Quan va haver de confessar-se abans de la comunió, en va fer una de grossa. Ni tan sols ens ho hauria d'haver explicat, perquè els secrets de confessió ningú no els hauria de saber, però ens ho va dir mentre sopàvem.

—Jo soc ateu. Ho he dit al mossèn en confessió. —I va riure per sota el nas. Jo no entenia aquesta paraula, «ateu». Feia pinta d'insult o de paraula gruixuda.

I la mare:

—D'on ho has tret, això?

I el pare, enfadat:

—Què dius ara, bandarra?

No s'enutjava sovint, el pare, però aquell dia ho va fer. En un to dur i esguardant-lo als ulls, li va engegar:

—No saps ni què vol dir i a sobre te'n rius?

Era cert. En Pere tampoc el sabia, el significat, només volia provocar i trasbalsar-nos per divertir-se. Era així, en Pere, com més grossa la feia, més reia. Uns dies abans el vaig veure amb un grup de nois més grans que jugaven en una rotllana, asseguts amb les cames estirades i obertes. Hi havia en Martí, també, i m'hi vaig apropar dissimuladament i els vaig espiar rere un om. Llançaven una navalla que calia clavar al terra d'un a l'altre, prop de l'entrecuix, i com més s'hi acostava, més reien i més cara de por se li posava a qui la rebia. «Petacollons», en deien, del joc. Aleshores, era el torn d'en Martí. La va tirar a en Pere força lluny i es va notar que ho havia fet volent. Tots van remugar i se sentien retrets cap a ell perquè no havia arriscat. En Pere era el més petit del grup i estava segura que ho havia fet per protegir-lo. Llavors el meu germà va agafar la navalla, va apuntar cap a un noi prim i rapat que no semblava del poble i la hi va llançar. Va anar a aterrar tot just a l'entrecuix davant de la seva bragueta. I va riure. Es va sentir un «uiii» d'algú i alhora el meu esglai, que no vaig poder refrenar i que em va delatar. Es van girar tots de cop i en Pere va cridar:

—Lola, què hi fas, aquí?

En Martí es va posar dempeus, es va enfundar la gorra i va marxar, sense més ni més. I jo vaig fer veure que no m'havia espantat gaire i vaig demanar al meu germà de tornar a casa.

—Au, anem, que és tard. —I prou.

La tartana tota guarnida, amb la Caírona i la seva corona de flors silvestres, ens va portar a tota la família des de casa fins a l'església de Santa Maria, pel carrer Major amunt. Els padrins anaven al davant amb el pare, la mare i els petits enmig, i al darrere, mirant contra direcció amb les cames penjant del carro, el meu germà i jo, ben guarnits. Relluíem com el calderó de coure després que la padrina es passés tot un dia fregant-lo. La cerimònia va sortir bé, sense ensurts. En Pere es va comportar i va fer el seu paper rondinant esporàdicament. Jo era feliç. Si un moment del dia no era del tot rodó, com ara el sermó del mossèn, que tenia a veure amb l'infern, els dimonis i la mort que esfereïen, em mirava les papallones que em queien pels braços i sospirava.

Vam tornar pel mateix camí, amb la tartana guarnida amb les flors ja una mica marcides. Vam dinar el capó i la mare va convidar els homes que treballaven a la bòbila a prendre el cafè, amb una copa d'anís i un cigar. En Julià i en Ramon, que així es deien, van acceptar de bon grat. Això va imprimir a la festa un caire diferent. Més i tot quan en Julià va treure de la butxaca un flabiol que ningú li havia vist abans i es va posar a tocar allà mateix a taula i li vam seguir el ritme picant de mans i peus. Em queda el record del retrat que els dies abans m'havien fet amb el vestit i la mantellina. Vaig haver d'anar a la rectoria, on un fotògraf que venia de ciutat ho tenia tot preparat, i la mare em va vestir allà mateix com si fos el dia assenyalat. El retrat m'ha acompanyat tota la vida, com una porció de felicitat i d'infantesa que aviat s'havia d'acabar.

2

Vaig anar dos anys més a estudi, fins a la tardor, que ja no hi vaig tornar. Calia ajudar a casa.

—Aquest hivern et quedaràs a casa a ajudar a les feines —em va dir la mare, un dia de finals d'estiu, de cop.

No hi vaig replicar. No podia. Sabia que no hi tenia cap dret, però que no era just. Vaig restar molt seriosa, mirant per sobre la seva espatlla cap a la pila de teules, sense pensar en res. Em va venir un nus a la gola i em va baixar fins a l'estómac, on va romandre uns quants dies. No em podia acostumar a veure l'Elisa i en Pere marxar cap a classe amb la llesca de pa sucada a la tina d'oli embolicada amb el paper de color de sorra que tant m'agradava. I veure'ls desaparèixer per la tanca del pati, corrent, juganers, petits, infants encara. I girar el cap i trobar-me les mirades perdudes dels grans, que ja feinejaven sense pensar-hi gaire, com els autòmats de fira que havia vist als romanços de canya i cordill. Vaig començar a netejar la casa també sense raonar, escombrava d'una banda a l'altra sense aixecar el cap. La mare em va venir a explicar una altra vegada que era quelcom obligat, que calia, que ho sentia molt, però que jo ja sabia la lletra i els números i ja no em feien menester més lliçons: ara necessitava els meus braços. Em va fer una besada al cap i la hi vaig agrair amb una ganyota que volia semblar un somriure.

El segon dia vaig sentir com els pares enraonaven a la nit. La meva habitació era just a sobre de la seva i, si paraves l'oïda a terra, es captava cada paraula nítidament. L'Elisa ja dormia.

—Potser ens hem equivocat, Josep. La Lola està molt trista. Potser està feta per estudiar i arribar molt lluny, com diu la mestra.

—Ja està parlat, Antònia. Vam quedar que feia estudi fins a saber el número i la lletra. És molt llesta, és veritat, però no li cal estudiar més. És la gran i ens ha d'ajudar. Ho entendrà i li passarà.

—Tens raó. Ha d'aprendre que s'ha de treballar molt per guanyar-se el pa i que molts cops no es pot triar... —Es feu un silenci—. O gairebé mai. —Silenci llarg.

Mentre em posava dreta, la nit i la foscor em van caure al damunt com una flassada feixuga. Vaig entrar al llit amb tremolors i recança.

El tercer dia em va esclatar el plor, per dins, vaig haver d'anar a l'habitació i estar-m'hi fins que se'm va dissipar. Em vaig estirar al llit abraçada a la nina de drap de l'Elisa, la Drapeta, que ara em calia. Vaig dir a la mare que m'havia vingut un dolor molt fort i brusc a la panxa. Era cert. La mare va venir a veure què em passava.

—Potser et ve la sang, filla. Això és per a quan et calgui. —Va deixar a la tauleta unes tovalloles petites exquisidament doblegades i em va acaronar el front—. Fer-se gran és dur, Lola, però el dolor ens fa fortes.

I aquest plural es va quedar dins meu, sense entendre'l fins molt més tard. Vaig passar tot un dia ajaguda, arraulida al llit en la negror. Quan va tornar de l'escola, l'Elisa em va venir a veure. Es va estirar al llit al meu costat, sense dir res, i em va acariciar els cabells.

L'endemà em vaig llevar d'un altre humor, havia decidit no pensar-hi més.

—Ja n'hi ha prou —em vaig dir.

Tenia atribuïdes totes les feines de casa que eren pròpies de la dona: netejar i escombrar i treure la pols d'argila que s'amuntegava arreu, rentar la roba i estendre-la i recollir-la i encalaixonar-la, ajudar a la cuina amb el menjar, per a la família i per als homes que hi treballaven..., i les feia. Però jo m'estimava més que tot allò fos fora de casa, a la bòbila i al pati, que pogués veure, ni que fos, un tros de cel. Per això, els primers dies vaig estar molt atenta a la nova organització de les tasques que ara m'incloïen, i quan vaig sentir que calia sortir amb el carro a repartir les peces, em vaig oferir de seguida.

—Jo podria vigilar-lo mentre el descarreguen i podria dur la llibreta de les comandes i dels repartiments. Podria acompanyar-lo i ajudar-lo, pare.

Tret de mi, a la bòbila només ell sabia llegir i escriure. Havia anat amb un mestre ja de gran, perquè li calia per al negoci de la teuleria, però li costava força, no s'hi sentia segur.

—Si vol, m'ensenya vostè abans com ho he d'anotar al llibre i jo li puc demostrar com en sé, de fer números i escriure la lletra.

A la nit, havent sopat, el pare em va cridar mentre jo esbandia els plats a la cuina amb la mare.

—Vine, Lola, i mirem això.

La mare es va girar mentre eixugava els plats que jo acabava de treure del cossi on els rentava, em va somriure, cofoia, com si fos ella a qui l'home volia felicitar per alguna cosa, com si no passés que no sabia llegir ni escriure ni mai podria saber què deien els papers ni els comptes que tant calien per sobreviure, com si jo fes que ella també n'aprengués. Vam revisar les sumes, les compres, el nom de cada client i la seva adreça, la llista d'allò que devien i del que havien lliurat, i també del que ens encomanaven. Tot en ordre i ben apuntat. En acabat, la mare se'm va acostar i em va besar el front. Així va ser com em van encarregar dur la llibreta de les comandes i de comprovar que tot el que s'entregava era realment el que havien demanat els clients i que pagaven el preu correcte. Aniria amb el pare, amb la llibreta aferrada contra el pit, amb un somriure discret per fora, gegantí per dins.

Al cap de poc temps, ja sabia portar el carro. Ell tirava la mula i jo m'hi entenia. «Caírona», li deia, i la mirava als ulls. Sabia com aturar-la, fer-la caminar, desbravar-la si convenia. La primera vegada va ser un dia quan pujàvem el puig.

—Lola, agafa les regnes, que jo he de baixar i empènyer.

Era un tros curt però costerut. Em vaig quedar a dalt tota sola, fent crits d'«arri, arri, Caírona», amb les brides fermes a dues mans, encoratjant la mula amb tot el meu cos. Quan vam atènyer el cim del turó, vaig aturar el carro perquè el pare s'hi enfilés de nou, mentre rebufava per l'esforç. Vam romandre-hi una estona, quiets. En aixecar el cap, hi havia el paisatge de camps i camps que no s'acabaven mai, de colors grocs, vermellosos, verds, marrons, blancs, liles, depenent de les sembres, les flors, les collites, amb la promesa que allà al final, a l'horitzó, n'hi havia d'haver més i de més bonics, fins a l'infinit, i jo era allà, amb les regnes a la mà, per fruir-ho tot.

En pocs anys, el poble s'havia convertit en un anar i venir de cotxes de línia i d'altres models nous de motor que hi passaven. Cada dia en parlàvem, per una cosa o per una altra. Que si avui l'auto de línia de la Seu ha xocat amb un carro, que si per això els han obligat a portar un fanal encès, però només a la nit, que si la nostra tartana ja en té, que si no se t'acudeixi deixar-la al carrer, que ara només ens deixen si és per carregar o descarregar, que si tampoc no es pot esquilar la mula, que no pateixi, que no ho faig mai, jo, això al carrer, només al pati, que si heu vist l'automòbil que s'ha comprat en Falciot, que tothom en parla... Ara ho deia el pare, la mare, intervenia algun home, en Julià, en Ramon o l'Estanis, que havia vingut a treballar a la bòbila, i també jo mateixa, mentre dinàvem o omplíem el carro o apilaven els totxos i les teules o el carbó i la llenya per al forn. El forn que mai no s'aturava, que funcionava dia i nit i cada dia de l'any, sempre, i que cremava obstinadament, tothora, mentre el món canviava.

Uns altres dies sortia a la conversa el canvi de la tartana per un camió de motor. El pare ho deixava anar cada dos per tres, perquè les oïdes s'acostumessin a aquella paraula tan llunyana, «motor», «motor», fent èmfasi en la «r». La mare hi estava d'acord i sempre hi afegia «quan es pugui, quan puguem, si podem», per aquest ordre, repetint-t'ho en to assenyat. Si hi eren els homes, potser feien alguna pregunta sobre com seria aquest cotxe, si seria un camió gran o petit, si podria suportar més pes, si era difícil de manegar. Si hi era jo, demanava si algun dia el podria conduir, i també per la mula.

—Pare, mare, i la Cairona? Què en farem, de la Cairona?

—De qui? Com?

—De la mulaaa.

—Ah, no ho sé pas, vendre-la, és clar.

—I no ens la podríem quedar?

—No, filla, si mai canviéssim el carro per un camió, caldria vendre la mula, si hi arriba, és clar, que és molt vella.

—És clar —mussitava jo amb el cap cot—, és clar.

Jo estava embadocada amb la idea de tenir un camió de motor, era com si m'hi anés la vida, com si el futur sencer en depengués. Des que el tema era recurrent en les xerrades, vaig començar a fixar-m'hi, a fer preguntes i a llegir tot el que tenia a l'abast sobre «les bèsties màgiques», com les anomenava la revista que vaig fullejar a la fonda, «que duen el baluern al silenci antic dels camins, per trencar-lo, potser per sempre».

Quan apareixia un cotxe nou al poble, jo trobava un moment o altre per atansar-m'hi i demanar a l'amo o al xofer per la potència, per la marca i per on havia estat carrossat o coses així. La majoria responien en un to entre amable i vanitós, sorpresos perquè una joveneta sabés tot allò i hi estigués tan interessada. Jo només tenia dotze anys, sabia que podia aparentar-ne més, però no deixava de ser una noieta i en alguna ocasió em van tapar la boca de manera grollera. El pitjor va ser en Falciot, el prestador, o més aviat l'usurer o l'escanyapobres, com li'n deien arreu. S'havia deixat veure feia poc a dins d'un flamant Berliet, que era el cotxe més car i pompós que ningú havia vist mai a la comarca. Un home li va preguntar pel cotxe i ell va contestar amb un reguitzell de dades: que els fabricants dels automòbils només oferien als clients la part mecànica com ara el xassís, les rodes, el motor..., però no pas la carrosseria. El comprador, o sigui, ell, l'havia de portar a carrossar posteriorment a una empresa especialitzada i la carrosseria del cotxe es feia a mida. El client, o sigui, ell, n'havia escollit el color —bordeus—, el nombre de places —quatre, encara que no li feien falta, perquè era conco i anava sempre sol o amb sa mare—, la tapisseria —de pell, és clar—, si el volia tancat o descapotable —tancat per a la mama, no fos cas que es mullés—, si desitjava carrosseria de xapa de ferro, d'alumini o Weiman, com era el cas, de teixit impermeable. De sobte, jo vaig intervenir-hi per dir que el més important era el motor, que tot allò altre no servia per a res. L'Artur Solivella, que era el nom d'en Falciot, si bé ningú no li deia així, sinó pel malnom de l'ocellot veloç que crida amb les ales en forma de falç, es va tombar cent vuitanta graus i es va dirigir cap a mi, que estava a la seva dreta tota rodejada de gent:

—Què sabràs tu, mocallosa barruda! —em va deixar anar, amb to i mirada de menyspreu.

Em vaig mossegar la llengua i li vaig escopir per dins, empassant-me la saliva, i vaig marxar. L'escena la va presenciar en Martí, que era a prop, però no m'havia dit res. Va venir cap a mi quan jo girava cua i em va preguntar tot d'un plegat:

—Puc venir ara amb tu a veure la bòbila i potser el forn?

—Si vols —vaig respondre, en to de suficiència, que no anava cap a ell, és clar.

Estava fastiguejada i capficada, però en Martí m'ho va fer passar. Feia anys de la invitació, però tots dos vam actuar com si fos del dia anterior. Quan vam arribar a casa ja em sentia assossegada. Era diumenge a la tarda i no hi havia gaire moviment al pati. Només en Julià, a càrrec del forn, jeia fent la migdiada al racó amb el barret de palla sobre la cara. No sabia ben bé on eren els pares ni els germans, però tampoc no ho volia esbrinar, no fos que es trenqués el moment que havia de ser màgic, potser.

Vam travessar les fileres de totxos, rajoles i teules que s'eixugaven al sol, i amb la mà indicava a en Martí per on passar, amb compte i sigil. Quan vam arribar al forn, li vaig xiuxiuejar si es veia amb cor de treure'n la tapa, si més no un bocí, per veure el foc. La seva resposta va ser acostar-s'hi i arrossegar-la amb el ferro un bon tros. La flamarada i el soroll de les guspires ens va fer enretirar alhora i la visió del roig intens del caliu ens va hipnotitzar una estona llarga. Sense pensar-hi, li vaig agafar la mà i la hi vaig prémer, com per gravar el moment. Quan el vaig deixar anar, va tornar la tapa al seu lloc i vam sortir caminant a poc a poc entre els totxos, les rajoles i les teules que s'assecaven al sol, tots dos amb el mateix somriure clavat a les galtes, pastat.

En obrir la porta del pati, passava pel davant en Falciot amb la seva màquina infernal, fent espetecs i aixecant polseguera, vestit amb guardapols, amb ulleres grosses de cel·luloide, casc pelut i botes altes, amb un seguici de canalla al darrere que sempre perseguia els vehicles de motor, i jo, en clissar-lo, vaig escopir ara sí a terra, i vaig sentenciar en veu baixa:

—Fatxenda, aviat conduiré més i millor que tu i, si no t'has estimbat abans, ho veuràs.

En Martí va fer una riallada sonora i amb un somriure va marxar camí avall fent adeu amb la gorra.

—Fins aviat, Lola! Jo vull veure't conduir i que em portis!

—A reveure! —vaig dir jo—. Ho faré! —vaig afegir encara mirant de gairell el cotxe de motor amb un gest sorneguer, com si ja sabés que aquella promesa, amb el temps, s'hauria de complir.

Per poder fabricar les peces d'obra, el primer que s'havia de fer era preparar l'argila. A l'hivern els homes anaven als terrers propers per arrencar-ne i garbellar-la. El pare duia el carro i el feia carregar fins a dalt i la transportava a la teuleria. Va arribar el dia que em va demanar que ho fes jo.

—Lola, ves-hi tu, amb el carro, a recollir l'argila al terrer del cementiri nou. Que l'omplin a vessar i tornin caminant, mentre jo preparo els estris per triturar-la.

Vaig deixar al racó l'escombra i el davantal, sense pronunciar ni un mot, sense escoltar el final de la frase que volia justificar l'encàrrec, no em calia. Vaig enfilar-me a la tartana d'un bot i amb un crit d'«arri, Cairona!» ja estava llesta per sortir, mentre el pare obria la porta gran i deia: «Amb compte, filla!», i jo li contestava: «No pateixi, pare!», sense mirar-lo a la cara per si se'n penedia i em feia aturar. Abans no s'ho repensés, jo ja era fora, a la carretera, agarrant les regnes, tota sola.

El camí era molt curt i se sortia del poble, poca gent em podia veure, potser el carreter, que anava cap a la vila, i el cotxe de motor que em va avançar per l'esquerra. Era un Berlier, vaig suposar que el d'en Falciot, perquè va fer sonar la botzina de manera estrepitosa mentre em passava al davant i perquè em va semblar sentir la seva rialla barroera entre el bram del motor, abans d'empolsegar-me de mig a mig i també la pobra Cairona. Tanmateix, jo em sentia el batec del cor i que el món sencer era per a mi i que res ni ningú no ho podria malmetre.

Quan vaig arribar a la part posterior del cementiri nou, on hi havia el terrer, en Julià, en Ramon i l'Estanis hi estaven treballant. Amb les aixades cavaven el talús d'argila i omplien cabassos. En Ramon va aixecar la vista i em va veure portar el carro i aturar-lo just al davant.

—Xooo! —vaig fer.

—Què fas, pubilla? On vas tota sola? —Els altres dos també van alçar el cap.

—Que no hi ha ton pare? —va preguntar l'Estanis.

—M'ha manat que vingués perquè ompliu el carro i torneu caminant.

—Que no ets massa menuda, tu, per a aquesta feina? —va dir en Ramon—. Que ja podràs amb el carro ple? Que cal força, eh, noieta? —va insistir-hi.

—Encara ens prendràs el jornal als hòmens, tu —va remugar l'Estanis.

Mentrestant, en Julià anava estibant el carro amb els cabassos plens d'argila sense afegir-se als renecs, incessants, ara dirigits cap al no-res.

—S'ha begut l'enteniment, l'amo, una cosa és que deixi que l'acompanyi a repartir i l'altra és que vagi tota sola pels camins de Déu.

—Amb faldilles i arriant la mula, recoi de noieta, càsum dena!

—Una plantofada a temps i s'acabaria de pressa tanta ximpleria —xiuxiuejant.

En Julià no deia res, feinejava ignorant els seus companys. Quan el carro va estar ple, va rodejar-lo per venir a dir-me sense cridar que ja havia acabat, que me'n podia anar.

—Amb compte —va mormolar.

—No pateixi —vaig contestar. I em va somriure.

No em va importar gens ni mica la conversa dels dos homes i els seus rebufs. El que sí que em va calar, però, és allò de les faldilles, tenien raó. No era la roba adient per a aquestes feines... «Hauria de dur pantalons, molt més còmodes..., a veure si el meu germà en té uns que em puguin calçar bé. Els buscaré», vaig pensar.

De tornada a la bòbila, el pare va obrir el portal només sentir el meu crit per aturar la Cairona. Es notava que m'esperava, tal vegada amb ànsia. Vaig col·locar el carro al racó i la mula a la menjadora.

—Com ha anat, filla?

—Tot bé, pare, tot al seu lloc. —I ell va fer com si somrigués—. Si vol, puc fer-ho cada dia.

—Ja ho veurem, potser, ja ho veurem. —I em va semblar sentir un sospir.

Les tardes d'hivern anava a buscar l'Elisa fins a escola. No li agradava anar sola pels carrers i m'ho havia demanat.

—Lola, germaneta, em pots venir a recollir a estudi? És que en Pere no hi és mai, i jo no vull tornar sola.

La mare ho havia dit a ell primer, però no ho feia, posava excuses i raons i convencia l'Elisa que no calia, que amb set anys ja era prou grandeta per anar sola, que no passava res. Ell, quan sortia d'escola, corria a jugar amb els seus amics al riu, a la plaça o per algun racó amagat, fins a l'hora de sopar, que apareixia xop, brut o estripat, com si tornés de la guerra, sense saber ni com s'ho havia fet, i emprenyava la mare i més encara el pare, si se n'assabentava.

Quan ma germana petita em veia fora al carrer, s'apressava a abraçar-me i es quedava així una estona, escanyant-me amb els braços rodejant el meu cos amb totes les seves forces. Jo li agafava la mà i tornàvem xino-xano pels carrers antics de la vila, evitant la carretera, atapeïda de carros i d'algun cotxe de motor, fins a casa. Li preguntava què havia après.

—Res.

—Com que res? —replicava jo.

—No entenc la senyoreta Enriqueta, jo la miro i l'escolto, però no l'entenc.

—Vols dir, Elisa? No has après la lletra? O els números?

—No, res. Però m'agrada cosir i brodar. I me n'ensenya la germana Gertrudis, i també a fer puntes de coixí!

—Quina meravella! —vaig dir sense cap convenciment i un xic de sorna que no va percebre—. Doncs quan vagis a comprar i no sàpigues si et tornen bé el canvi, no em vinguis a buscar.

—Cal saber la lletra per a això?

—Els números, sumar i restar i fer comptes. I la lletra per llegir llibres que et faran conèixer el món i viure històries fantàstiques, i per saber què diuen els papers que de gran et faran signar.

—Ah. Jo ja vaig signar un dia amb una creu.

—Doncs has d'aprendre a escriure el teu nom, que és molt bonic, amb una «e», amb una «l», amb una «i», amb una «s» sonora com un brunzir i amb una «a»: «Elisa». Ara tu.

I va repetir: amb una «e», amb una «l»... fins a veure la portalada del pati i el petit batiport del costat per on entràvem i ens separàvem, ella cap a casa amb la mare, jo a la teuleria amb el pare, potser també amb el carro per sortir a repartir, o amb tots dos, sortosa.

En arribar la primavera, si feia bon temps, es començaven a fer les peces d'obra. De primer, s'embassava l'argila i es posava en remull amb aigua. L'endemà, aquesta barreja s'aixafava amb els peus fins que en quedava una massa de fang. Després es buidava la bassa i el fang s'apilava i es cobria amb sacs per mantenir-ne la humitat, s'agafaven porcions d'aquest llot i es posaven dins d'uns motlles metàl·lics o bé de fusta que tenien la forma de la peça que es volia obtenir. Jo no hi intervenia en aquestes tasques, només ho feien els homes de la bòbila i a voltes també el pare. Aleshores, calia treballar dia i nit i cada dia per aprofitar la fornada, i no donaven l'abast.

El pare va demanar al meu germà que es quedés a ajudar. Ara que acaba curs, que no vagi més a estudi, cal que es faci un home de profit. Ell no es va queixar. Amb deu anys va començar a treballar de valent. Una de les seves comeses era la de portar llenya per al forn. Teníem tractes amb el llenyataire del poble i ens deixava la fusta a la porta cada tres o quatre dies. Però, quan augmentava la producció, se'n necessitava més i havíem d'anar al bosc. Em vaig oferir a acompanyar-lo amb el carro i tornar-lo ple, però al pare no li va semblar bé. Algú li devia haver dit alguna cosa, perquè ara no volia que jo el dugués tota sola, quan ja feia temps del primer cop que havia anat al terrer.

Les mirades isardes dels homes, d'en Ramon i de l'Estanis, i la compassiva d'en Julià, m'ho van confirmar. Algú havia abocat retrets al pare i jo ho hauria d'entomar. Vaig aparençar indiferència i vaig continuar escombrant com si res. Però dins meu creixia una llavor que s'anava alimentant de totes les malvolences i, per primer cop, vaig tenir consciència que el fet de ser noia donava llicència a tothom per dir-hi la seva, inclús gent de fora, sense que jo pogués defensar-me'n. El pare portaria el carro amb en Pere per recollir la llenya —«i no se'n parli més!»—. Passats uns dies, però, ja se n'havia penedit, tip de sentir les carallades que deia el seu fill sobre totes les coses que el pare creia inamovibles, que eren, per aquest ordre: Déu, el treball, la família i l'esforç.

En Pere li portava la contra, no volia treballar gaire i s'arrossegava a la feina dia rere dia. No estava a punt a trenc d'alba per sortir cap al bosc i feia esperar el pare i el posava d'un mal humor que li durava tot el dia. Aprofitava el camí per descol·locar-lo, que si soc ateu, que si anarquista, que si ni Déu ni amo, i coses així, que ningú no sabia d'on les treia. El pare no ho podia suportar. No cessava de donar per enllestida la discussió, però ell hi tornava esquitllant-se per la més petita escletxa.

També hi havia els mals d'esquena del pare. Li venien fibladas fulminants i es quedava doblegat mirant a terra sense poder fer-hi res. Deia que era com si el tibessin amb una corda per dins de la cama fins a la ronyonada i el deixessin torçat com una peça d'argila freda, que ja no es pot tornar a redreçar per por de trencar-la.

En un dels atacs em va demanar de conduir el carro i anar amb el meu germà a buscar llenya. En Pere seia al darrere a l'anada, i amb mi al davant a la tornada quan el carro era ple a vessar. Començava el camí gairebé adormit, estirat sense obrir la boca, però durant el retorn no parava d'enraonar. Deia que havia après la lletra per poder estar al dia de tot el que s'esdevenia arreu. Que el nostre poble era força petit i que ell volia saber del món. Que llegia un diari que explicava tot allò de la Setmana Tràgica a Barcelona i que ell volia anar a ciutat a lluitar contra «el Govern».

—Contra quin govern? —li deia jo.

—Contra tots els governs —contestava, cofoi.

A mi em feia obrir els ulls i l'escoltava com enlluernada, però sense creure-me'l de tot en tot; sempre hi havia alguna dada inversemblant que em feia dubtar de la resta. Com quan va dir que a Barcelona havien incendiat tots els convents perquè les monges eren les culpables de tot, que tenien esclaves pobres tancades a dins, a les quals obligaven a cosir i això feia la competència a les fàbriques en què treballava el proletariat i conduïa a abaixar els salaris. Sonava irreal, aquest argument, però tampoc no tenia raons per contradir-lo, ja que jo llavors no llegia diaris ni sabia res més enllà de la vila i la bòbila.

Amb el temps vaig poder palesar que les coses que deia tenien un cert sentit, però a mi aleshores m'amoïnava el futur més proper: si el nostre poble s'ompliria de cotxes, si podríem comprar un camió de motor i si jo podria conduir-lo. No em plantejava què ocorria arreu ni les protestes ni les idees ni res. El meu germà m'obria una porta que jo no sabia ni que hi fos. Una porta per on marxaria ben aviat, ho pressentia, que el duria lluny i que, tant de bo, no la tanqués mai del tot, per poder-ne tornar.

Jo no volia anar-me'n. El món de la bòbila era rodó, tot començava i acabava allà mateix. Cada pas, cada moviment dels que hi vivíem tenia a veure amb les teules, els totxos, l'argila, el terrer, el carro i la llenya, que anava a parar al forn. El forn, que funcionava dia i nit i cada dia de l'any, sempre, i la xemeneia, que treia el fum ben amunt, allà al firmament. Era tan alta que els dies de boira no se'n veia el final. Jo la resseguia aixecant el cap fins que el clatell em tocava l'esquena i el coll no em donava per a més. Aguantava la posició una estona, llarga, observava el fum, si es desplaçava cap a llevant o cap a ponent, cap a les muntanyes o cap a la plana, o si es quedaria a sobre nostre, omplint tot el cel de sutge i cendra fins a fer-lo gris.

D'ençà que no anava a estudi, m'havien fugit les amigues. Les trobava quan anava a mercat o els diumenges a missa o pel poble. Feia un temps que duia pantalons per treballar, perquè era molt més còmode. Al final vaig agafar-ne uns del pare que eren al cistell per sargir. Ho vaig fer, els vaig arreglar i estrènyer i amb un cinturó de corda me'ls vaig encabir. La mare em va veure i em va preguntar el motiu sense sorprendre's. Li vaig dir que em semblava còmode, pràctic i fins i tot bonic de portar-ne. Em va pregar que només els dugués per a la feina, no per anar a comprar ni passejar pel poble si no era dalt del carro repartint comandes. Així i tot, la Maria se'm va acostar un dia a mercat només per dir-me que hauria d'anar amb compte de vestir-me amb pantalons.

—Lola, t'ho dic pel teu bé, la gent malparla i ja saps com són. Jo també he deixat l'escola i ajudo a casa amb les vetes i els fils i aprenc costura i a brodar. Si vols et puc aconseguir unes faldilles i uns enagos que et lluiran. Què et sembla?

—No, gràcies —vaig contestar.

—Diuen que t'han vist portant el carro tota sola, no et fa por? Pots prendre mal! És una llàstima que hagis de fer aquestes feines que no són pas de noia, no. T'ho dic de tot cor, em sap greu per tu.

I jo, que feia estona que palpejava unes pomes i les anava destriant sense aixecar el cap, vaig acabar dient, desganada:

—Maria, és el que m'agrada i vull, ja ho saps, ho hem parlat altres vegades.

Aleshores vaig alçar la mirada cap als seus ulls.

—Si ets amiga meva, no m'ho hauries de dir, tot això, m'hauries de fer costat i prou.

—Què vols dir amb això de fer costat? Si crec que vas errada, bé que t'ho he de fer veure, jo.

—Molt bé, ja ho has fet, moltes gràcies i bon vent. —I vaig girar cua empipada, sense ni agafar les pomes que ja havia destriat.

Pocs dies després vaig parar al forn de la Cèlia, i tampoc no em va anar més bé. Era allà, com sempre, amb les galtes de pa de pessic i els cabells de color de xocolata de pedra, tot i que el somriure se li havia apagat amb els anys.

—Bon dia, Lola, que contenta de veure't, que ja no vens mai per aquí, que només vols anar amunt i avall amb la tartana, que ja t'han vist dalt fent arri a la mula amb les regnes ben tibades, i tothom en parla. Però el més greu és això dels pantalons. No saps que a Madrid persegueixen les noies que en porten i els llancen pedres? M'ho ha dit mon pare, Déu nos en guard, Lola, no vull pas que et passi res de dolent a tu...

—Una altra! —em va sortir—. Ja hi som —murmurant—. Posa'm el llevat i prou. Gràcies —vaig dir amb to sec.

—Noia, no t'enfadis, que som amigues i no vull pas molestar-te, jo.

—Doncs ja ho has fet.

I amb el llevat a la mà, vaig deixar els cèntims sobre el taulell i vaig marxar tancant a poc a poc i amb fermesa la porta de casa seva, com la de la nostra amistat, que no estava disposada a deixar oberta, per por dels retrets que se'm colaven per l'ànima com la pluja fina de l'hivern, que et cala sencera.

Per fora feia com si res no m'afectés, del rebuig. Però no era cert. Enyorava els temps en què les meves amigues m'estimaven perquè sí, quan érem felices només pel fet de ser-hi plegades. Trobava a faltar les nostres converses. L'última que recordava havia estat quan em va venir la primera sang, feia un parell d'anys. Em vaig espantar, és clar, perquè quan la veus per primer cop és com si no fos veritat, com si algú t'estigués punyint per dins sense poder fer-hi res, no et creus que el teu cos pugui fer tot allò sense patir, així com així. La mare havia entrat a la nit a l'habitació quan l'Elisa dormia i jo plorava perquè m'havien tret d'estudi i em feia mal la panxa i m'havia donat uns panys doblegats per a quan fos el dia, *quan et faràs dona*, sense més explicacions. No sé com ho va saber, però al cap de dos dies m'hi vaig trobar i li ho vaig agrair.

—Gràcies, mare, ja he fet servir el que em va deixar. —I em va somriure.

Aleshores, el diumenge següent vam quedar les tres amigues i els ho vaig explicar. Jo era la primera i creia que estarien molt interessades en els detalls. No va ser així. Em van fer cloure la boca i no en van voler parlar.

—D'això no se'n parla, Lola.

—Quin fàstic.

—Quina vergonya.

—Ai, calla.

—Jo no ho diré a ningú.

—S'ha de mantenir en secret.

—Les dones estem brutes.

—Repugnant.

—És un càstig de Deunostresenyor per ser noies, pel pecat original —rematava l'altra.

Vaig emmudir. Em van rodolar dues llàgrimes ben grosses per les galtes. A mi, que mai plorava per res, i vaig marxar amb el silenci a sobre.

Des d'aleshores havien passat dos anys i ara encara era pitjor. Ja no teníem cap conversa, només volien abocar-me renys per qualsevol raó, i em ferien. M'estimava més defugir-les i no pensar-hi, fer la meva, portar el carro amb aplom perquè el pare hi confiés, esmunyir-me dels desaires i mirar endavant al camí, com ell sempre deia quan jo el duia a la tartana.

—Sempre endavant, passi el que passi al teu voltant, Lola, tu sempre mira el camí endavant.

L'últim diumenge de primavera va néixer la Margarida, la darrera germana que tindria, que naixia quan la mare ja era gran, o almenys ho semblava. Va patir molt al part. Ens vam quedar tots a casa, a la cuina, mentre la senyora Dolors era a dalt a la seva habitació per ajudar a portar-la al món. Hi érem l'Elisa i jo, amb la Teresa i en Jaumet, que només tenia dos anys. A fora, el pare amb l'Estanis, a qui havien confiat el forn. A més, hi havia els padrins, que havien vingut des del poblet proper en què vivien a passar uns dies amb l'oncle Siscu. La padrina era amb la mare i la llevadora a l'habitació, i el padrí s'estava amb l'oncle, tots dos asseguts al menjador. L'oncle Siscu vivia amb els seus pares, encara que ja era granat, però no es podia valdre per si sol. Sempre seia en una cadira o en un tamboret i s'hi estava hores sense parlar, i quan ho feia no se l'entenia i li queia saliva pels llavis i la padrina la hi netejava. La casa es feia petita, no m'avesava que hi hagués tanta gent allà, jo que sempre era fora i gairebé no veia els germans petits. L'Elisa en tenia cura, en sabia. A la Teresa li feia destriar les llenties com si fos un joc.

—A veure si trobes les pedretes. Per cadascuna que em donis, jo et faré un petó.

En Jaumet era al costat, enganxat a les seves faldilles. Li prenia la mà com si fos natural, com si les mans de l'una i de l'altre estiguessin cordades per algun lligam més robust que els dits i els palmells, suau i invisible. En Jaumet era un bon nen, dolç i tendre com un cadell, i mentre jo el mirava fixament, es va sentir el primer xiscle de la mare al pis de dalt... Una esgarrifança ens va travessar. La senyora Dolors ens havia dit que estiguéssim preparades perquè el part podia ser complicat. Sabíem que això volia dir que es podia morir algú, la mare, la filla o totes dues. Jo vaig recordar-me d'en Martí, que la seva mare va morir en néixer ell i son pare mai no li ho va perdonar. Com si ell hagués pogut evitar-ho! Pobre Martí, havia de demanar perdó per ser viu i per no tenir mare. Jo la volia, la meva, no ho volia ni imaginar, que pogués morir en donar a llum. Potser també culparia la meva germana i també m'enrabiaria amb ella, però això no havia de passar i em vaig treure el mal pensament del cap. Sabia que era una nena, jo. M'ho havia dit la mare quan la panxa ja era tan grossa que no es podia ajupir bé.

—Tindràs una germaneta, Lola.

—Mare, com ho sap? Com sap que és nena i no nen?

—Per aquest ventrell que veus i perquè ho sé. És rodó com quan vas venir tu, l'Elisa o la Teresa. En canvi, amb en Pere o en Jaume era molt més punxegut i, a més, perquè ho sé. I es dirà Margarida, la darrera flor de primavera, perquè naixerà a les acaballes del mes de maig.

Ja no vaig saber què contestar, ja que tot havia de ser veritat; amb la mare, tot era sempre veritat. Ella era el pal de paller, com havia dit la padrina el dia abans, qui feia que tot rutllés, sense escarafalls. I ara gemegava de manera esfereïdora.

Els llavis de l'Elisa contornejaren una «o» i en fluí, dolçament, una cançó d'infants i jo m'hi vaig afegir com a segona veu, «sota l'ombreta, l'ombreta, l'ombrí, flors i violes i romaní»... perquè la tonada s'encavalqués amb els brams de la mare i que els petits s'asserenessin. Aleshores va entrar el pare i la seva mirada em va aclaparar. Semblava un nen més petit que en Jaumet perdut a la fira, amb els ulls plorosos i la mà a la ronyonada pel mal que li venia de tant en tant i que aquell dia se li havia endinsat per tot el cos.

—Pare, segui amb nosaltres.

Va fer que no amb el cap i va anar cap al menjador amb el padrí i l'oncle. Assegut, corbat, rebregava la gorra i rondinava alguna cosa mentre negava i negava amb el cap. El vaig observar una estona, mai no havia vist el pare així, ni amb el seu dolor d'esquena ni amb els maldecaps de la bòbila, mai. A cada esgarip de la mare feia com si el traspassés una navalla per la panxa i l'enarqués fins a semblar geperut. En Pere no hi era. No vaig gosar preguntar al pare si en sabia res, tampoc a l'Elisa, que prou en tenia amb els menuts, així que vaig sortir a veure si se m'acudia alguna cosa. Quan vaig ser fora, vaig respirar fondo.

L'aire de la primavera i el cant d'un gafarró em van omplir d'esperança i vaig pensar que ma mare se'n sortiria, «sobreviurà». Una mena d'udol desfermat va travessar la paret de la casa i va aplegar al pati, on les rajoles i les teules prenien el sol i el carro amb la Caïrona romanien al racó. L'esglai es va barrejar amb la visió de la mula a terra, estirada. El cor em va fer un tomb i vaig córrer vers la Caïrona, que no es bellugava. La vaig acaronar i res. Tenia els ulls oberts i els hi vaig tancar. Era morta. Volia plorar desconsoladament i cridar i demanar auxili, però no ho vaig fer. Era molt vella i feia temps que ja no podia amb la tartana i li havia arribat «el seu moment», que en diuen. Llavors, en aquell instant precís, la mare va fer un altre xiscle i es va sentir per fi un plor molt feble d'infant. Alhora, va aparèixer en Pere per la porta petita de la bòbila.

—Què passa, germaneta?

—La Caïrona és morta.

—I la mare?

—La mare no. La mare acaba de posar al món la nostra germana Margarida, la darrera flor de primavera.

Es va acostar a la mula i també la va acaronar.

—Bona noia, has estat molt bona xicota.

—Au, anem —vaig dir jo—, s'ha de fer el dinar —gairebé mormolant per a mi mateixa.

A dins, havia nascut la Margarida. Després dels crits espantosos de la mare, regnà un silenci llarg, i la senyora Dolors va sortir amb la criatura embolcallada en robes i se la va emportar cap al safareig. El pare va anar cap a la cambra i va tancar la porta darrere seu. Nosaltres ens vam quedar mirant fixament cap a les escales, fins que la padrina les va baixar i va dir en to calmat:

—Ha anat com cal, gràcies a Déu.

I vam respirar.

Fins que no va estar tot en pau, no ens vam referir a la mula, la Caírona. Ningú no s'havia adonat que jeia morta al pati, tan bona era que ni per morir-se va molestar. Jo tenia el plor pendent per ella, però era més fort el sentiment que la mare se n'havia sortit. A la nit, mentre sopàvem en silenci, es va sentir una veu fluixa.

—La mula s'ha mort —vaig dir.

—Pere, demà vas a cal Xato i li dius que se l'emporti. Caldrà comprar-ne una, o millor, un parell de cavalls, que ja no podia ella sola amb la càrrega. Potser això l'ha matat, i que era vella, és clar. Tenia molts anys i ha fet bona feina i ja està.

Aquí es va acabar la conversa i la vida de la Caírona, amb «una bona feina i ja està». El pare va comprar dues eugues i això complicava força manejar el carro. Ho volia fer ell. Va durar un temps que ell portava les regnes i jo l'escortava amb la llibreta. Però quan el mal d'esquena l'agafava desprevingut i es quedava doblegat mirant a terra sense poder fer-hi res, i deia que era com si el tibessin amb una corda per dins de la cama fins a la ronyonada i el deixessin torçat com una peça d'argila freda, que ja no es pot tornar a redreçar per por de trencar-la, llavors, em demanava de dur jo el carro, i m'ensenyava com fer-ho i com menar el parell d'eugues joves, que no tenien res a veure amb la Caírona, que al cel dels animals sigui, amén.

La Margarida ja es veia que no era de vida. La mare havia quedat molt migrada arran del part i no la podia alletar. Venia una dida del poble i sempre es lamentava que no s'hi enganxava, deia que així no arribaria al Diumenge de Rams. I no ho va fer. La Margarida va viure fins a finals d'hivern. No va caminar, ni parlar, ni jugar, ni riallejar. Sempre va estar malalta i feble, no xisclava ni protestava per res, només les cares de neguit de la mare i de la padrina, que venia sovint a estar-s'hi, feien endevinar què li passava. I una tarda de febrer, quan ja els ametllers florien i cantava la mallerenga, va morir. La vam enterrar al cementiri nou, en una caixeta blanca com de nina. Hi vaig anar amb la mare, el pare, el padrí i en Pere, que em donava la mà com en la nostra primera comunió. També hi havia la dida i el mossèn, que va dir unes paraules en llatí mentre la mare plorava, amb llàgrimes gruixudes que li regalimaven per les galtes, en silenci.

3

Després de la mort de la Margarida, la mare va canviar durant un temps, llarg. Va entristir. Plorava per no res i treballava sense força, arrossegant-se per la casa. El pal de paller trontollava. El pare també es va tornar desconfiat, volia dur el carro ell tant sí com no i, si li agafava mal d'esquena, no em demanava ajuda fins que estava a punt de trencar-se en dos. En Pere estava cada dia més absent, mai no podia comptar amb ell, sempre era en algun altre lloc. Només a l'Elisa la sentia a prop. Ja no anava a estudi des de la tardor passada, ella ho havia entomat sense cap recança. Feinejava per totes, amb un lleu somriure. També tenia cura de la Teresa i d'en Jaumet, els anava a buscar a escola, els donava el sopar i els ficava al llit perquè no fessin nosa als grans. Jo continuava a la bòbila, portant el carro amb les dues eugues quan el pare m'ho demanava o assistint-lo amb la llibreta de comandes, sempre.

Una tarda de diumenge vaig anar a cercar en Martí. No ens veiem des de la fira de Reis al gener i ja feia dies que els plàtans verdejaven. Havia baixat al riu alguna tarda per si el veia, i res. Tampoc al mercat ni pels carrers. No m'havia vingut a donar el condol per la Margarida... Em calia. Vaig anar fins a la fonda i vaig preguntar a un germà seu que seia al taulell llegint alguna cosa.

—Que hi és en Martí?

—No, no hi és.

—Que saps on el puc trobar?

—No, no ho sé.

—Que saps qui sap on pot ser? —ja en un to determinat.

—Demana-ho a la mare, si vols, o al pare, els trobaràs allà a la missa de difunts que ara fan.

—I qui s'ha mort?

—Què carai sé, jo!

—Bé, gràcies.

I vaig enfilar el carrer Major fins a l'església de Santa Maria. Pel camí se sentia dringar les campanes. La cadència em feia esgarrifar. Ja eren massa morts. La Margarida, la Caironа, ves que no les hauria de comparar. Un mal pensament em va travessar: i si s'ha mort en Martí i jo no ho he sabut? Però ho vaig descartar, encara que el mig germà que atenia la fonda fos tan desdenyós, no ho faria, això de no dir-m'ho si a en Martí li hagués passat res de greu, no? El mal presagi se m'havia arrelat mentre les campanades seguien dong, silenci llarg, dong, silenci llarg, fins que vaig ser a la porta de l'església.

Tothom era a dins. Se sentia el mossèn com resava en llatí i la resposta dels fidels no gaire nombrosa. No gosava entrar-hi ni tampoc asseure'm i esperar. El cor em bategava fort i no podia deixar de pensar-hi. Refeia tots els moments que havia vist en Martí o que algú m'havia dit alguna cosa d'ell que trenqués la visió que em turmentava. No pot ser, ho sabria, algú m'ho hauria dit. Vaig recordar que m'havia creuat amb la Maria al mercat i m'havia donat el condol per la Margarida, m'hauria dit alguna cosa, si ho hagués sabut. En Pere havia anat a recollir un paquet a la fonda que li havia comanat el pare, però feia molt d'això. I si hagués estat un accident, insospitat del tot, i ningú no m'havia avisat?

Quan ja estava a punt de rendir-me davant la desgràcia de la mort del meu amic, el vaig veure sortir de l'església al costat de son pare, mudat i amb posat seriós. La seva mare sortia per l'altra porta amb alguna altra dona. En reconèixer-lo, no vaig poder reprimir l'alegria que fos viu, volia córrer i abraçar-lo, però no ho podia fer. Només el vaig saludar amb la mà i ell va fer el mateix. Va bufar alguna cosa a l'orella de son pare, que va fer un gest d'apartar-se d'ell i, amb la mà, em va convidar a anar-hi.

—Bon dia, Lola.

—Bon dia, Martí. Feia temps que no sabia de tu, el teu germà m'ha dit que podia trobar els teus pares aquí i tocaven a morts i m'he espantat.

—Ho sento. T'havia d'haver vingut a veure per la teva germaneta, però he estat fora. He hagut d'anar a ciutat, on vivia la germana de la meva mare, bé, de la mare que em va tenir, al convent. Era monja, es moria i no tenia ningú més. L'hem portat a enterrar aquí, que és on va néixer.

Tot ho deia espirant com en to misteriós perquè ningú no el sentís.

—La vas poder veure abans?

—Sí, vaig arribar a l'hospital que encara parlava. Li vaig dir qui era. Em va dir gràcies i va plorar. S'assemblava a la meva mare, bé, la que em va tenir. El pare es va quedar a casa, hi vaig anar sol. Però li han fet un bon enterrament, està bé. Marxo, que me n'he d'anar, adeu.

—Adeu, Martí. T'acompanyo en el sentiment.

—I jo també.

I em va quedar la mà aixecada com per dir alguna cosa més, però ja havia girat cua. Vaig fer com si hagués d'anar cap a l'altra banda quan, en realitat, havia d'agafar el mateix camí que el petit seguici amb la carrossa funerària que anava al cementiri, però no volia creuar-me'ls ni que em veiessin ni la seva mare ni les dones que m'havien escodrinyat d'esbiaixada. Sempre ho feien d'ençà que portava el carro i duia pantalons, les dones em miraven malament, primer de dalt a baix i després m'enviaven un esguard emmetzinat i jo simulava que no me n'adonava. Tampoc els homes em miraven com abans, alguns somreien incisius i en el seu rostre ressaltaven uns ulls malèvols que no entenia i que em feien basarda. Volia estar sola per endreçar el batibull de sentiments. Al cap i a la fi, m'havia reconfortat. Estava sorpresa de la meva reacció davant el negre pensament de la mort d'en Martí, del dolor intens que m'havia negat i que s'havia esvaït de cop, però que deixava empremta. Per domar-me el cor, vaig pensar en la feina: «Demà demanaré al pare de conduir el carro ja per sempre, que me'n surto prou bé amb les eugues i li ho demostraré».

Amb aquest propòsit vaig recular cap a casa, caminant amb vivesa, respirant fondo i amb un lleuger malestar a la panxa que anava minvant a cada pas, mentre per la carretera passava un cotxe de motor, sorollós, alçant polseguina, qui sap si el Berlier d'en Falciot, que em feia pensar en el futur, en tot el que estava per venir i que m'hauria de ruixar de tanta felicitat... i dolor.

Els padrins van venir a viure amb nosaltres a la tardor següent. Amb l'oncle Siscu. Les últimes riuades s'havien emportat amb elles tot el que tenien i ja eren grans per tornar a començar. La mare es trobava millor i podia fer-se'n càrrec, però la casa quedava petita amb tanta gent. La Teresa, l'Elisa i jo ja compartíem habitació. Elles dormien capiculades i jo a l'altre llitet, encongida perquè no em sobresortissin els peus. La Teresa, aferrada a la Drapeta, la nina que havia estat meva i després de l'Elisa i que li havia arreglat amb un vestit nou brodat, molt maco. En Pere havia de dormir a la cuina, vora la llar, en un catre. Els pares amb en Jaumet, i els padrins amb en Siscu, que jeia a terra. La bòbila mai no descansava, amb el ritme del forn, que funcionava dia i nit i cada dia de l'any, sempre, empassant-se tones de fusta i carbó com un drac afamat, insaciable. En Pere l'allenyava i jo havia de menar el carro. En una ocasió va gosar demanar al pare de ser ell qui dugués les regnes. —Que et porti la Lola, que ella en sap —li va ordenar el pare.

En Pere es va muntar emmurriat un bon tram.

—Jo també el sabria dur, el carro, si pogués provar-ho, és clar. Bé que porto el d'en Ventura, que me'l deixa i encara no m'he estimbat. Sembla que no faig res bé, per al pare. A voltes penso que s'estimaria més que jo no hi fos, li faig nosa. Encara no sé per què, però li faig nosa.

—Aquest té dues eugues, és més difícil —vaig fugir d'estudi.

—Bé que n'has après tu, algú te n'ha ensenyat.

—Ja saps que sempre l'he dut el carro, jo, des de ben petita que portava la tartana amb la Caironа, pobra Cairona, i ara prou que m'ha costat dominar aquestes bèsties que són molt més joves i braves, amb molta més força. Ara podem traginar molt més, saps? Però cal saber parlar a les xicotes aquestes perquè et facin cas.

Aleshores va canviar el posat, com ell feia, en descuit.

—I que no tenen nom, les xicotes aquestes? Ja és estrany de tu, que bateges fins i tot les pedres.

—Tens raó, ho faré, però encara no els he trobat, ha de ser que em vinguin, ho entens? Que elles mateixes m'ho demanin, quan em tinguin confiança.

—Estàs grillada, germaneta, però t'estimo igual.

L'hivern va passar d'una revolada, jo a les regnes, la resta, al lloc que els pertocava. Quan ja era a les acaballes i el cabal dels rius pujava pel desglaç, en Pere i jo anàvem al Segre, per on baixaven rais de fusta conduïts per raiers. Duien els troncs des de les muntanyes cap a la serradora, però si algú en volia un pel camí, també el venien. Des de la riba els en vaig demanar el preu, i en Pere va regatejar i va tancar el negoci quan jo li vaig donar el vistiplau. Aleshores s'hi va acostar el raier:

—Que és la mossa la que mana? —va dir, mirant en Pere, amb desgana.

—Sí, senyor, que no seran prou bons els meus diners? —vaig replicar, avançant-me al meu germà.

—Jo només sé que allí on manen dones i llauren vaques, mal any assegurat.

—Va, Lola, ja faig jo el tracte amb aquest, no cal fer-se mala sang.

—No, Pere, el faré jo. Porto els calés i els encàrrecs, és la meva feina. Si cada cop que algú diu una bajanada em tirés enrere, no faria pas mai res. —Vencent la mandra, vaig reunir forces per cridar—: Home! Vol els meus diners o em busco un altre raier?

—Sí, dona, ja vinc, el negoci no té entranyes!

—Ni jo orelles per escoltar tanta bestiesa —vaig xiuxiuejar prou fort perquè em sentís el meu germà, que va riure.

Entre tots dos vam disposar la fusta al carro i vam enfilar el camí de retorn cap a la bòbila. Quan ja hi érem a prop, en Pere em va confessar que m'envejava, que voldria ser com jo, que ell mai no sabria portar així la tartana ni fer els comptes ni tractes ni res de res.

—Fins i tot sent una noia, ho fas tot millor que jo!

—Ai, germà, que jo sigui noia no hi té res a veure, totes ho podem fer, però moltes potser no ho volen o sou els homes els qui no les deixeu. I tu, el que et passa és que tens altres coses que t'agraden més, no?

—Sí, jo vull fer diners ràpids i marxar d'aquí, això és el que vull. El poc que guanyo m'ho jugo a la botifarra, que en sé molt i així estic fent guardiola per marxar. A mi no m'agrada la bòbila, ni les teules ni els totxos ni els cairons, no m'agrada el fum que surt de la xemeneia ni tampoc el forn, que sembla ben bé el mateix infern, com ens deien de menuts. Jo encara somio que hi caic i em torro tot jo i els dimonis se m'emporten rient i bevent de la bota! T'ho dic de debò, no vull anar tota la vida a buscar llenya, ni tallar la fusta, ni cremar-la, ni que algú s'hagi d'estar allà al costat del forn per vigilar-lo de dia ni de nit ni cap dia de l'any. Em sembla una manera de viure trista, fosca, d'esclavitud. Saps què vol dir, Lola? Doncs no ser lliures, jous, que no pots escollir mai res, necessitar que algú ho decideix tot per tu i no te'n pots sortir, és una roda. Hi ha altres coses al món. Hi ha la ciutat i els cotxes que tu ja has vist i que allà estan per tot arreu. Hi ha l'electricitat que ara ha arribat a la vila, i allà il·lumina carrers i cases. Hi ha els cinemes que expliquen històries de tota mena i els teatres amb la música. Hi ha la gent que vol una vida millor i es reuneix i es planta i fa la revolució en contra dels patrons opressors. Hi ha les pistoles per aconseguir-ho per la força, si cal. Germaneta, ja t'ho dic, quan faci els setze, marxaré i lluitaré per la revolució.

—Però si et queda poc per als setze, Pere! Espera una mica més! T'ho has de rumiar, tot això. Penso que hauries de parlar-ho amb el pare, segur que si enraoneu us podreu entendre, el problema és que mai teniu una conversa. Tot ho feu com que ja està dit i això no és així, cal xerrar de les coses. Jo ho faig, vaig demanar primer d'acompanyar-lo amb la llibreta de les comandes i vaig demostrar que en sabia, de fer els comptes, i també de llegir prou bé i, després, de portar el carro. Vaig haver-lo de convèncer amb paraules, Pere, enraonant és com ho vaig aconseguir. No t'he vist mai a tu tenint una conversa amb el pare.

—Per a tu és més fàcil, Lola. A tu t'agrada la bòbila i amb això ja tens molt de guanyat. Tu li demanes fer feina per a la casa, repartir les teules... i per això t'escolta. De què vols que li parli, jo? Que li digui que vull fer la revolució? Que ell és un patró, petit, però patró i que els obrers tenen drets i que cal canviar-ho tot? Jo no m'hi assemblo, al pare, sempre fent fenya, fenya, fenya, sense més ni més, sense pensar-hi... Sempre m'han dit que tinc una retirada als parents de la mare, a l'oncle Siscu, potser —i va riure—, però gens al pare, ni de caràcter ni de res. Tinc molta feina jo també, però no aquí, he de capgirar el món, jo.

I sense poder contestar-li, perquè tampoc no em venien les paraules escaients, vam arribar a la bòbila, amb la feina feta i una conversa ben llarga que m'havia deixat capficada amb la remor d'una certa tristesa.

Era l'estiu del 1917. Feia més de dos anys que durava la Gran Guerra a Europa i ningú no tenia la més remota idea de quan havia d'acabar. A Rússia hi havia una insurrecció que deien que s'escamparia pertot. Les paraules «vaga», «patró», «obrer», «lluita» i «revolució» corrien de boca en boca i al bar de la fonda sovintejaven opinions encontrades que, a vegades, acabaven en batusses i baralles. En Pere hi anava cada dia. Si el volies trobar, allà el tenies, llegint el diari o jugant a la botifarra i defensant la causa de les classes treballadores, deia ell, i explicant a la resta tot el que succeïa a partir d'allò que havia llegit o del que havia pogut treure dels qui viatjaven en el cotxe de línia o en qualsevol altre cotxe de motor i paraven a la fonda. Ja no treballava a la bòbila, on, després d'uns anys de bonança, la producció havia baixat en picat i no teníem gairebé feina. Feia de manobre al canal i vivia amb els jornalers a les barraques que s'havien construït ells mateixos.

La raó de la davallada de la producció tenia dues versions, amb una conclusió idèntica. El pare deia que era per la Gran Guerra, que al principi havíem rebut encàrrecs fins i tot de França, però després s'havia aturat abruptament, perquè hi havia fàbriques més grans que amb l'electricitat produïen a escala industrial amb maquinària moderna i a cost molt més baix, i amb camions de motor que ho transportaven tot més lluny, i havien fet abaixar els preus de les peces fins al punt de pagar-ne tan poc per una que no cobria ni la meitat de la feina de fer-la. En Pere afirmava que era per l'explotació de la classe treballadora i aquí s'acabava el debat. Que a les noves fàbriques hi havia esclaus i que amb els salaris no en tenien ni per menjar, i amb això els patrons aconseguien guanyar més i fer-se rics a costa dels pobres.

A l'hivern va tenir lloc la primera vaga de la construcció. En Ramon i l'Estanis van voler-la secundar, encoratjats pel meu germà. En Julià, que ara s'ocupava sempre del forn, que funcionava dia i nit i tots els dies de l'any, sempre, no ho va fer. El pare es va aïrar força, i al final els va persuadir que allà no servia de res una vaga, que ell no era un patró ni allò una fàbrica en què ordir cap revolució, i van tornar a la feina, tret d'en Pere, que ja no hi treballava. Arran d'això, alguna cosa es va trencar entre tots dos, de soca-rel. Ja no venia ni els diumenges a dinar. La mare patia i jo l'enyorava. L'Elisa i els petits no ho entenien i es va sentir en Jaumet demanant per en Pere per jugar. Els padrins callaven, sempre ho feien, com per no fer nosa. Quan va venir l'estiu i amb ell la vaga general i la feina va baixar tant que no hi havia res a fer, ni a la teuleria ni a tota la vila, en Pere se'n va anar. A Barcelona, sense donar-ne part a la família, ni acomiadar-se de la mare, ni de les germanes, ni de mi.

Feia uns dies que no el veia, i el vaig anar a buscar a les barraques on sabia que s'estava. Les obres estaven aturades i alguns homes s'havien quedat en espera de si es reprenien i malvivien en un indret brut i pudent. Vaig preguntar aquí i allà i no em van saber què dir. Vaig anar a veure en Martí per si en sabia res i és per qui em vaig assabentar que havia marxat a Barcelona.

—M'ha dit que t'ho digués, que enviarà alguna carta aquí a la fonda quan pugui, que no es volia acomiadar per no trobar-se el teu pare i que anava a fer la revolució. Em sap greu, Lola, només fa un parell de dies i esperava que es donés el moment per venir a casa teva.

—Però per què no me n'ha dit res, a mi, Martí? Si jo l'entenc i també la mare i les germanes i en Jaumet, que l'adoren... Per què no ha dit absolutament res?

—Està encaparrat, ja saps que aquests darrers temps només parla de política, de la lluita, de fer la revolució. És el seu camí i l'ha de seguir. Com jo el meu —va afegir en to baix passat un silenci.

—Tu no marxaràs també, Martí…, o sí?

—A la vila no hi ha feina, Lola, bé que ho saps. I la gent no en té per gastar a la fonda, passen la tarda amb una barreja i no dona per a res. Ni tan sols per pagar l'electricitat que ara ens han connectat, ni el pa que comprem, que cada dia l'apugen de preu.

—Però no és això només el que et fa marxar, oi, Martí?

—No, ja ho saps, és que jo no encaixo aquí. El pare no em mira ni em parla des de fa molts anys, o des de sempre. Fa com si jo no hi fos. Ja ho vas veure, si li dic alguna cosa, s'aparta i em fa gestos, no em contesta. Amb els germans és pitjor, no em volen, m'han dit que millor que toqui el dos, que no hi ha feina per a tots. Ho he de fer. Ara hi ha el clavegueram que fan a la vila i que també us farà treballar a vosaltres, però després, som molts els que en busquen…

—I on vols anar, també a la ciutat gran, Martí? Està molt perillosa ara, diuen que hi mor molta gent per la violència als carrers... Ai, Martí —vaig sospirar.

—No, Lola, potser més lluny, molt més lluny, però no ho diguis mai a ningú, és un secret i seràs la primera a saber-ho quan arribi el dia, i m'acomiadaré, et faig aquesta promesa i la compliré.

Els ulls se'm van enaiguar i el cor se'm va encongir com si em volgués desaparèixer. El meu germà havia marxat i ara en Martí em deia que també ho faria, que abandonaven el poble, els carrers, el mercat, l'església, el riu, els ponts… i a mi, que em veia desemparada com una puput que roman a l'hivern mentre totes emigren al sud, sense saber si podrà sobreviure al fred.

A la nit vaig dir-ho a la mare.

—En Pere ha marxat a Barcelona, sense acomiadar-se. Només ho sabia en Martí.

—Ai, fill, ai fill meu del meu cor —en veu baixa i a poc a poc—, que Déu Nostre Senyor i tots els àngels el protegeixin i la Mare de Déu el guiï pel bon camí i el deslliuri de tot mal.

—Amén —vaig fer jo.

I vam restar a la quieta una estona davant la llar de foc a la cuina. També a la nit, quan ens acotxàvem, ho vaig xerrar a l'Elisa, que va fer un sospir profund i em va acaronar els cabells amb compassió, i després em va fer un petó a la galta i va dir cap al no-res:

—Ha de fer el seu camí, ha de fer el seu camí. Només podem resar, resar per ell i esperar notícies.

Des d'aleshores vaig passar per la fonda cada dia, amb l'excusa de veure en Martí o amb la de llegir el diari, ambdues eren bones i eren de debò. Mirava de lluny els ulls del meu amic per si hi veia amagada alguna nova del seu futur viatge secret o d'en Pere, i devorava el diari de cap a peus buscant alguna pista de com es podia trobar en la ciutat llunyana plena de perills. Al vespre ho comentava a la mare o a l'Elisa, però amb poques paraules, perquè elles tot ho arreglaven amb un parenostre i tres avemaries i no volien realment conèixer la realitat, que les intranquil·litzava. Un dia, a les negres de la nit, després de llegir sobre la vaga i sobre els morts del dia a Barcelona, més de vint, fins i tot jo vaig posar una espelma davant l'estampeta de Montserrat que hi havia a l'ampit de la meva finestra, per si de cas.

La vaga general no es va notar gaire a la vila. Els homes

van treballar molt el mes d'agost, ja que per fi va arribar una comanda important, per fer el clavegueram de tot el poble, com havia dit en Martí. Jo portava el carro amb les dues eugues, vestida amb pantalons, i repartia les teules i els totxos que calien. I quan ho feia, quan em trobava sola dalt la tartana abarrotada de peces d'argila amb la dringadissa d'unes contra les altres, les eugues rebufant i jo amb les regnes tibades mastegant el camí, mirant sempre endavant, m'envaïa un profund sentiment de felicitat, que cap absència ni cap esfondrament de cap món no podia apaivagar, perquè em feia sentir com si volés, com la cigonya que s'albirava per ponent, lliure.

Una nit que el pare estava de més bon humor, que no havia patit la fiblada de la ronyonada durant el dia, mentre sopàvem, va dir que aviat arribaria el nostre camió de motor. Jo sentia una emoció irracional per la paraula «motor», i em delectava en la «r» quan la pronunciava, com el so que n'havia de sortir. Després, el pare, que semblava que li marxaven una mica els mals quan en parlava, ens va explicar que ell ja el sabia conduir, perquè dues vegades havia anat a Lleida i li havien deixat un Hispano Suiza model sardina, que havia estat a l'exposició del 1913, fet a Barcelona, un model no tan aparatós com el que portava el rei quan havia vingut per les inundacions i havia travessat la vila i el pont de fusta havia caigut, però similar, i l'havia governat un bon tram. Que era molt fàcil, que n'hi havia prou de concentrar-se en el volant i en el fre, molt de compte amb el fre, que feia que s'aturés l'automòbil en sec i s'havia de tractar com una euga vella, amb cura i pausadament, que, si no, t'enduies un ensurt de mil dimonis. Que ja hi havia molts automòbils matriculats a la província, que això era el nombre de registre que li donaven, potser més de tres-cents, i nosaltres tindríem un camió, el tindríem.

Llavors, la mare va intervenir en la conversa mentre desparava taula amb l'Elisa, tot recordant-nos que tenia una guardiola amb estalvis per ajudar a comprar-lo i que, quan li ho diguéssim, la trauria. Això va fer riure el pare, amb un deix d'amargor i suficiència.

—Antònia, si no hi caben els duros que calen en la teva guardiola pocapena, dona!

—I el podré conduir? —vaig tallar jo, perquè a la mare no l'ofengués tant el desaire.

El pare, d'un temps ençà, massa cops parlava així a la mare, amb un menyspreu que jo no havia copsat abans i que a mi em feria.

—Ja ho veurem, exigeixen una autorització per conduir i no hi ha cap dona que en tingui fins ara. A més, si els brètols del poble et diuen animalades portant el carro, no vull imaginar què et dirien conduint un camió!

—Això no m'importa, pare, ja ho sap. He triat aquest ofici de carretera que vostè em va ensenyar i vull continuar en això amb els cavalls o amb motor, el que calgui per a la nostra bòbila i perquè tiri endavant.

I vocalitzava «nostra» amb èmfasi, sabent que això agradava al pare i perquè de debò me la sentia meva, ara que ja feia molt que hi treballava, que ja havia fet vint anys i duia les regnes del carro i ho podia dir satisfeta, sense por de sonar postissa, sinó veritablement sincera, lleial.

Pocs mesos després, es va obrir a la vila la primera empresa de transport de mercaderies i viatges de tota la província i veure autos de motor circulant per les carreteres que la travessaven va començar a ser habitual. Hi tenien un taller on també carrossaven cotxes i camions que era dels primers de tot l'Estat, així que el poble va esdevenir un centre a on venia gent d'arreu. A mi em queia la bava de sentir-ho i a vegades, quan tornava de repartir i deixava el carro, anava a veure què s'hi coïa. Em fixava en tot i ho preguntava tot. Aviat em van conèixer com la pubilla del camió o la camionera, perquè els vaig explicar que nosaltres ens en compraríem un per fer el transport de la nostra producció i que jo el conduiria, que tenia entès que als vint-i-un anys ja podria, i que si ens podien ajudar a trobar-ne un, a bon preu...

—Què ha de fer una dona, en un camió —se'n va burlar un—, poc que podrà fer el sopar!

—El pots carrossar amb la cuina a dins! —va dir l'altre. I reien tots.

Jo, com si res, m'entrava per una orella i em sortia per l'altra; ben bé com si no fos assumpte meu. Continuava fixant-me en els cotxes, en el volant, en les rodes, en el motor, si n'hi havia un d'obert abans de carrossar...

En una d'aquestes visites em vaig trobar en Martí que sortia de les oficines, de preguntar pel cotxe de línia. Li vaig veure a la mirada el delit per fugir. Era la mateixa llambregada que tenia el meu germà uns quants dies abans de partir, com si al fons dels ulls es pogués albirar un paisatge remot.

—Marxes?

—Sí, Lola, ara sí.

—De debò? Tu també? A la ciutat?

—Potser a una... de molt lluny.

—Quan?

—Aquest diumenge. La família encara no ho sap, els ho he de dir. Vols que anem a fer un passeig al riu i t'ho explico tot?

Vam baixar al riu pel camí que coneixíem, el de sempre. Encara hi havia les restes del nostre pont que no havien enderrocat, com per recordar-nos les nostres primeres trobades de petits, quan tiràvem còdols perquè rebotessin un dos, tres, fins a quatre cops abans d'enfonsar-s'hi, deixant cercles d'aigua que s'anaven fent grans al mig del gorg, sota el pont de pedra i arcs ara malmès, que en reflectir-se a l'aigua mansa feien una rodona perfecta, fins a desaparèixer. Jo vaig agafar-ne un i el vaig llançar.

—Continues amb la mateixa traça.

—Això no s'oblida —vaig dir jo—. I tu? On vas?

—Marxo a viure a Amèrica, a l'Argentina.

Vaig notar com una espina que em punxava les tripes i em vaig quedar immòbil.

—Sona molt lluny.

—Sí, molt. Són trenta-dos dies de travessia per mar. Allà hi ha una persona coneguda que m'ha aconseguit una feina i hi ha moltes possibilitats de prosperar. Ja t'ho vaig dir, Lola, no em puc quedar aquí, no hi tinc res a fer —va sospirar. No sabia on mirar, fins que em va trobar a mi. Va agafar aire com per tenir-ne prou per a un llarg relat, ell, que no era de moltes paraules.

—El pare no em vol a la fonda. Com que no em parla des de sempre, va fer dir-m'ho per la mare, bé, per la seva dona. Que per treballar-hi ja hi ha els meus germans, que no cal que jo hi sigui, que em busqui altra cosa, que millor que un jornal arribi de fora. Després van venir els germans, que millor que marxi, que cau pel seu propi pes, que no som de la mateixa sang, que tinc dins no sé quin dimoni que fa que el pare es torni mut només amb la meva presència, que potser li recordo massa la seva primera dona i que això no és bo ni per a ell ni per a la fonda, ni per a mi, es veu. —Un nou silenci, aquest més breu—. La dona del meu pare potser em podia haver fet de mare de debò, però el pare no l'ha deixat mai ni provar-ho.

És ella qui m'ha prestat els diners per marxar. Que ja els hi tornaré quan pugui, diu. Ja veus, soc la causa de tots els mals, si marxo faig un bé a tothom.

—Menys a mi —vaig etzibar, ofesa—. La gent que estimo us aneu esfumant, primer el meu germà i ara tu. Les amigues m'han fugit d'ençà que porto el carro i vesteixo pantalons, em quedo ben sola en aquest coi de poble, i a tu, no et tornaré a veure, ho sé.

Els ulls se'm van entelar i en Martí va continuar fent lliscar pedres sense gaires ganes, amb un sol rebot, mentre em mirava de cua d'ull. Aleshores es va girar i em va demanar si volia un petó.

—Mai ens n'hem fet cap i sempre n'he tingut ganes, per tenir el record.

M'hi vaig acostar i l'hi vaig fer jo, el primer suau i després un amb tota la força i la passió que mai no hauria imaginat que cabessin dins meu. Vam deixar-nos anar sobre la fullaraca dels pollancres, els mateixos sota els quals ens havíem amagat quan el cotxe del rei havia caigut, feia tant de temps, i vam fer l'amor dolçament fins que el sol es va pondre.

—No t'oblidaré, i potser un dia tornaré.

—No ho faràs Martí, però no passa res, has de fer el teu camí —com diu l'Elisa, vaig pensar—, has de fer el teu camí. Està bé que ens quedem amb un record com aquest. Sigues feliç.

—I tu també.

I amb un petó tendre ens vam acomiadar.

—Fins aviat —em va dir. Jo vaig somriure. «O fins mai», vaig sospirar per dins.

Aquell diumenge vaig anar a veure'l sortir amb l'auto de línia. Hi havia la mare i la germana petita d'en Martí. Ni el pare ni els germans. Ell ja estava al seu seient quan jo hi vaig arribar, va obrir la finestra i em va allargar la mà, la hi vaig agafar i ens les vam estrènyer.

—T'escriuré.

—Sigues feliç.

—T'escriuré.

—Adeu.

La mare i la germana van acomiadar-lo amb un gest amb la mà, fent com si jo no hi fos, i el cotxe va arrencar i va serpentejar per la carretera cap a la ciutat, el camí que després el duria cap al tren i més tard cap al port llunyà d'on sortiria un vaixell que trigaria més d'un mes abans no atraqués a l'altra riba de l'oceà, per no tornar.

A la tarda vaig pujar a l'ermita de Sant Pere per la drecera recta que surt de davant de casa. El camí era estret, rost, amb pedres i còdols que feien trontollar les cames a cada passa, que m'exigia cautela constant per tal de no ensopegar, que no em deixava rumiar gaire si no volia caure i rodolar muntanya avall. Pujava amb força, aspirant l'aire pel nas i traient-lo per la boca, i en entrar i sortir semblava que s'enduia els pensaments sinistres. Suava, rebufava, patia. Vaig arribar-hi quan el meu cos estava a punt de dir prou. No podia aplaudir, com feia amb el pare quan l'acompanyava de petita, estava massa cansada i sense energia per a res. Em vaig deixar caure a la pedra sota el mur de la capella, arrecerada a la seva paret, mirant a ponent. Per allà marxava en Martí, en un vaixell carregat d'emigrants amuntegats per fer les Amèriques i escapar de la pobresa material o de la misèria humana, i potser no el tornaria a veure mai més.

Seguidament, vaig tombar el coll per guaitar també vers llevant, per on havia desaparegut en Pere cap a la ciutat dels motins, les bullangues i els perills, per lluitar per la justícia o per un món millor, i ja no havia sabut res més d'ell. En abaixar la vista, hi havia el poble. Tan petit des d'aquí que no feia més d'un pam. Vaig alçar el palmell de la meva mà dreta davant la cara per comprovar-ho i era això més o menys el que mesurava, minúscul. Just en el polze hi havia la xemeneia de la bòbila, del forn que funcionava dia i nit i cada dia de l'any, sempre. I dins la casa la mare, el pare, l'Elisa, la Teresa, en Jaumet, els padrins, l'oncle Siscu, potser en Julià al pati, i potser jo.

Em vaig estirar boca amunt per admirar el cel, clar. El cel del cim de Sant Pere que arribava d'un extrem a l'altre de l'horitzó, des dels camps fins a la muntanya i des dels rius fins als congosts. Avui podria veure la posta de sol, amb tots els tons de vermells i grocs, i amb sort la lluna, al capvespre, a l'altre cantó. I això sí que m'emocionava com quan era menuda, i em feia adonar que potser la vida era això, anar-me acomiadant de persones que li donaven sentit per quedar-me amb mi mateixa, amb qui de ben segur hauria de conviure sempre, la dona forta que volia seguir també el seu camí i triar-lo mentre gaudia del cel immens, i que saludava amb la mirada unes orenetes que el travessaven, xerrotejant.

4

Ja feia més de dos anys que havia marxat en Pere i no en sabíem res. Jo llegia al diari tot el que tenia a veure amb Barcelona: les vagues, les revoltes, la política, els morts, les pistoles, l'epidèmia de grip..., tot. I també qualsevol notícia sobre emigració, vaixells, Amèrica, l'Argentina... Aprofitava per buscar, a més, els progressos a propòsit dels vehicles de motor, camions, transports... Tenia feina amb el diari i també amb les revistes i la premsa setmanal. Ara ja no em calia anar a la fonda, no hi havia en Martí, i tampoc no m'engrescava gaire veure els seus germans ni trobar-me amb els homes que m'escrutaven i deien alguna cosa a sota veu, com ara «les dones i els gats, a casa» o alguna altra frase ximple. Anava a la biblioteca popular de la vila, que funcionava feia poc. M'entusiasmava llegir i, quan disposava d'una estona al matí, si no estava preparada la comanda, o a la tarda quan tornava després de repartir-la, si no era molt tard, hi anava i m'acabava tota la premsa. De tant en tant m'emportava una novel·la i la retornava al cap d'uns dies o de molts, depèn. L'únic llibre que hi havia a casa era el conte de l'Englantina que m'havia comprat la mare feia molt de temps.

—Per a tu i per als teus germans, per a quan sàpigues la lletra.

Però jo tenia lectura des de sempre, gràcies a la senyoreta Enriqueta i a les parades de fira i als romanços de canya i cordill, penjats d'un fil i agafats amb un tros de canya a manera de pinça, perquè no se'ls emportés el vent. Em guardava sempre les propines que em donaven quan lliurava les comandes, per comprar-ne un si anava a un poble on hi havia fira. A vegades la venedora recitava o cantava la història i d'altres la deixava a mitges, sense el final, per encuriosir la gent i que li comprés el plec que revelava el desenllaç. Hi havia relats fantàstics, fets verídics o esdeveniments recents, episodis d'una història popular barrejada amb la llegenda i les biografies de personatges coneguts, successos sensacionals, contes i novelles de veritat que resumien en tres pàgines i que servien per fer-se una idea de la trama.

També n'hi havia que relataven malifetes de lladres i bandolers, que jo comprava, i de vides de sants, miracles, novenes, sermons i moralitats, que no. Però els romanços ara ja no m'interessaven. Tots eren d'amors no correspostos i sempre en sortia malparada la noia. Com el de l'Adelaida i l'Enric, que es va fer molt famós arreu i tothom en parlava. Ell la deixa per una altra i ella es llança al mar i mor, i la seva ànima en pena no pot descansar pel pecat comès, a sobre! O com el d'en Leiandru i la Mília, que feia dècades que corria, des que jo era petita: ell l'abandona quan descobreix que és filla del botxí i s'embarca molt lluny i ella es lleva la vida, i quan ell se'n penedeix i torna, es troba el sepulcre de la noia i també el seu espectre. Elles no poden viure sense ells, i això no és cert. Les noies podem viure sense nois, no sense tots, però sí sense els que porten desgràcies.

Jo mateixa ja tenia edat de merèixer, que deien, però cap intenció de prendre marit. Cap home em feia el pes i el fet d'imaginar-me de minyona d'un em trasbalsava. Per això vaig deixar de llegir romanços i vaig aficionar-me a les cròniques d'esdeveniments recents o a les que descrivien les condicions de vida de les classes treballadores, i quan les llegia sentia la veu del meu germà i les seves arengues sobre l'esclavatge i com es malvivia a les fàbriques d'arreu. I especialment les dones i la mainada, que treballaven com els homes i cobraven la meitat del salari, encara no entenia molt bé per què. En un d'aquests plecs vaig llegir que una raó era que les dones parlaven i cantaven mentre feinejaven i això calia compensar-ho. Quina idiotesa! Ser dona anava de bracet de molts desavantatges, ja ho tenia clar, fins i tot si s'estava disposada a treballar igual que un home. Com jo.

Les novel·les me les aconsellava la bibliotecària, que era la mateixa senyoreta Enriqueta, que arran d'una caiguda ja no podia caminar bé i havia canviat la canalla pels llibres, molt més d'estar-se quiets. Des que vaig començar estudi amb ella que me'n prestava. El primer va ser un diccionari, jo ben menuda. Era petit i tenia els fulls com de seda, suaus i prims, i amb moltíssimes paraules, a cabassos. El portaria embolicat amb paper d'estrassa, com la llesca de pa sucada amb oli per anar a estudi, amb tota cura.

—Has de llegir moltes paraules al dia, Lola, així aprendràs bé el castellà. Sabràs escriure i llegir totes dues llengües i jo et deixaré contes i novel·les perquè les puguis gaudir a mesura que vagis entenent-t'ho tot. Serà un secret entre nosaltres dues, millor que ningú ho sàpiga, ni tan sols a casa teva.

Recordo que jo no sabia exactament què volia dir tot allò, però m'enllepolia haver-me guanyat la confidència amb la mestra, ja que em feia sentir diferent, especial, i també per dur la contra als pares, que creien que tot allò eren poca-soltades, que només calia aprendre la lletra per a la feina i prou. Potser per això ho deia, perquè ells no en sabien, tampoc la gent del poble, i potser se n'haurien rigut, si m'haguessin vist llegir paraules que ells mai no podrien entendre. El que llavors tampoc no podia saber la senyoreta Enriqueta era com em perseguirien al llarg de la vida les maledicències i com jo les ignoraria fins que ja no pogués més.

Gràcies al diccionari vaig poder llegir la primera novel·la que em va deixar, *Marianela*, en castellà, d'en Benito Pérez Galdós. Em costava una mica l'idioma, llavors, però la lectura em va servir per perdre-li la por. La vaig lletrejar a poc a poc, per entendre-la bé, i no la vaig retornar fins molts dies després, perquè volia tenir-la a prop i a les nits, amb el llum d'oli, repassar algun trosset. La senyoreta Enriqueta em tranquil·litzava, que no hi havia pressa, que, si calia, ella ja sabia que els llibres els tenia jo i me'ls demanaria; així que, quan me'n prestava, me'ls quedava força temps a fi d'assaborir-los glopejant pausadament les paraules. La petjada de la Nela i la seva vida coratjosa i alhora humil, tan humil i submisa, tan submisa que m'entraven ganes d'estripar les últimes pàgines i canviar-ne el final. Després em lliuraria a més històries, com la d'en Guillem Tell, que em va recomanar especialment perquè l'obra l'havia traduït al català l'Escola de Bibliotecàries de Catalunya.

—Amb molt de compte, Lola, més que mai, és un exemplar únic, fa poc que m'ha arribat i només l'he llegit jo. Una meravella —deia, mentre el subjectava fort com per no deixar-lo anar—. Saps? Jo volia ingressar a l'Escola de Bibliotecàries, vaig escriure-hi quan vaig saber que la fundaven, i m'ho van denegar, amb una carta de tres línies que venia a dir que era..., que jo era massa gran, que només volien noies joves.

Ves per on, sense adonar-me'n, he fet tard a l'únic desig de debò que he tingut a la vida!

I em va mirar fixament als ulls amb el llibre a la mà.

—Lluita pels teus somnis i aprofita les oportunitats a cada instant, Lola, que la vida es fon en un esglai! —I me'l va lliurar.

El llegiria amb parsimònia. Tot i això, no em va ser fàcil entendre la faula d'injustícia i tot allò de la poma i el fill, que més aviat em va fer patir. Em va agradar molt més *Les aventures de Tom Sawyer*, també en català. Recordo haver-lo llegit assaborint cada mot, cada història dels xicots en qui jo em veia reflectida, amb les ganes de gaudir de la vida i de ser lliures, com feia amb en Martí durant la infantesa que ara veia tan remota. Les peripècies dels llibres em transportaven a altres mons, diferents, llunyans, que mai no podia traslladar a la meva vila, com en un viatge, i em feien fantasiar. Per bé que els meus somnis de veres estaven allà mateix, al poble, en el meu dia a dia de feina i esforç, pels quals lluitaria com si m'hi anés la vida, que m'hi anava, i també el cor.

Les obres del clavegueram i de les escoles noves es van traduir en alegria i comandes a la bòbila, i calia posar-s'hi de valent. Fins i tot a l'oncle Siscu, que a penes podia fer res, li vam trobar una ocupació. Li donàvem les peces que havien sortit defectuoses per alguna raó i les hi fèiem esmicolar amb un petit mall, assegut a la pedra, i ell es distreia picant fort i reia, sota la mirada del padrí, que seia al costat i el vigilava amb el caliquenyo de feia dies penjant de la boca. Les dones, que eren la mare i la padrina amb l'Elisa i la Teresa, trafeguejaven a casa i tenien cura d'en Jaumet, que encara anava a estudi. Els homes, en Julià, en Ramon, l'Estanis i uns altres dos de nous, a la bòbila, al terrer, al forn, amb la llenya, a coure les peces i deixar-les assecar al sol. El pare ho controlava tot com podia, sovint ajagut pel mal d'esquena, i jo, al carro, amb les eugues i la llibreta de les comandes. Sabíem que totes les persones érem necessàries i això donava un sentit al nostre món, rodó.

A la tarda va venir el germà d'en Martí amb la correspondència.

—Tinc una carta per al senyor Josep.

—Ara no hi és —el vaig atendre jo—. Dona-me-la, ja la hi faré arribar.

Anava dirigida al pare, del remitent Pere Roig. De Barcelona. Vaig córrer per informar-ne la mare i l'Elisa.

—Notícies d'en Pere!

—Gràcies a Déu, tres anys, tres anys sense saber res del meu fill!

Vam esperar al pati que tornés el pare per donar-li el sobre. Havia anat a tancar un tracte a la vila. Quan va obrir la porta petita de la bòbila, vam caminar de pressa per trobar-lo allà mateix abans no s'ocupés en res més.

—Josep, notícies del nostre fill! —va exclamar la mare.

El pare va romandre quiet, sense allargar la mà per agafar el sobre, mentre ella l'hi acostava mirant-lo als ulls.

—Ja saps que no llegeixo prou bé —va dir en to murri—, que ho faci la Lola. —I ni va tocar la carta.

Jo m'hi vaig abocar i la vaig obrir amb delit, procurant de no trencar el sobre.

Era un sol full per una sola cara, amb la lletra inconfusible del meu germà, esbojarrada i amb gargots arreu.

Benvolgut pare,

Us escric des de la presó del Castell de Montjuïc. Tan sols puc enviar una carta que han de llegir abans i que guixaran el que [redacted]. He volgut que fos per a vós, pare. Vull que sàpiga que no estic aquí per robar ni fer el mal [redacted]. Li explicaré quan pugui. Fa molt fred i passo gana, [redacted], però penso en la bòbila i el forn m'escalfa, i en les llesques de pa amb oli de la tina i em passa la fam. Vaig marxar sense dir res i li demano perdó. Em sap greu per la mare, [redacted]. No han de patir. ~~Soc fort i me'n sortiré~~. Som una colla i tenim un advocat [redacted]. Quan em facin judici i em diguin quant de temps he d'estar aquí, podré tornar a escriure. Espero que vostè i la mare estiguin bé i també les germanes i el petit Jaumet. Els trobo molt a faltar i els desitjo bona salut.

Pere

Amb la darrera frase, els ulls se'm van negar. Jo també t'enyoro, germà, més que molt. Quan vaig alçar la vista, la mare plorava silent, tenia tota la cara mullada, feia estona que li queien les llàgrimes i havia decidit de no eixugar-se-les. Aixafada, l'Elisa també es passava la màniga pel nas, i el pare, el pare feia la mirada perduda, mescla de desconcert i tristor, sense rastre d'enuig. La carta contenia poques paraules i d'aquestes, massa escapçades amb gargots pertot que deixaven les frases sense acabar i encara les tornaven més punyents, directes als nostres cors.

—És viu, pares, és viu! —vaig gairebé xiuxiuejar, tot trencant aquell silenci gruixut.

Era viu, el meu germà era viu i això era l'únic que ara importava. Després de tota la violència als carrers, els aldarulls, les pistoles i els morts, i fins i tot de la pandèmia de grip que havia assolat la gran ciutat i el planeta sencer, que tanta gent jove s'havia endut.

—El nostre germà, Elisa; el seu fill, pares, és viu. Viu!

Des de llavors se'm va fixar al pensament d'anar-lo a veure o a salvar. Si el pare no ho feia, seria jo qui el trauria d'allà, com fos. La determinació em renovava les forces per tirar endavant, per obrir la meva ment a tots els camins per reeixir-hi. Vaig parlar amb els pares sobre el camió. Al taller de l'Alsina en tenien un per carrossar al qual el seu amo havia renunciat perquè s'havia quedat sense calés i l'havia deixat per si el volien vendre. Es tractava d'un Lancia Jota construït com a base de xassís per a camions. Em vaig adreçar al pare per explicar-li detalladament com era, guiant-me per un paper on m'havia anotat les dades clau.

—El camió Jota fa servir eixos massissos amb molles de fulla semiel·líptiques —i això ho deia pronunciant a poc a poc, articulant amb precisió les paraules difícils—, la transmissió és una caixa de canvis de quatre velocitats amb un embragatge sec de diverses plaques —aquí percebia que el pare s'hi interessava de debò—, té un motor robust de quatre cilindres amb setanta cavalls de força!

—Això no ho deus haver anotat bé, filla, no pot ser, deu ser, pel cap alt, de trenta cavalls.

—I pot arribar a una velocitat màxima de seixanta-cinc quilòmetres per hora!

—Carai, però si no es poden superar els vint-i-cinc per llei..., no sé què en farem, de tanta potència!

Vaig ser capaç de transmetre-li un xic del meu entusiasme,

gairebé. Era el moment. Un vehicle nou ens ajudaria en la bòbila, ens animaria a tirar endavant, sobretot al pare, i ens obriria la possibilitat, també, de viatjar a Barcelona si calia, i salvar el meu germà; tota la vida i el món sencer depenien d'aquella decisió. El pare va concloure que era impossible, que no tenia aquella fortuna ni la podria aconseguir de cap de les maneres. El vaig convèncer perquè em deixés negociar amb els de la carrosseria. Allà em van dir que no n'hi havia prou, amb els diners que ens donaven per les eugues i el carro, que calia que anés a parlar amb l'Artur Solivella, el prestador.

—Saps qui és, noia? El fill de cal Falciot, el que té el Berlier més bonic de la comarca, dels primers que hi va haver i que encara llueix prou. Us en deixarà amb alguna garantia.

Vaig sospirar. Mai no m'hauria pensat que em faria falta aquell individu amb qui no havia tingut cap relació en tota la meva vida, tret del cop que em va deixar amb la paraula a la boca davant de tothom al mig de la plaça, encara joveneta, jo. El defugia sempre: si era en una vorera, me n'anava a l'altra; si era al mercat o en una botiga, no entrava o passava de llarg fins que hagués marxat. La seva mare era com ell, o ell com sa mare, és clar. Un diumenge, acabada la missa, va anar a trobar-se amb la meva per dir-li que anés amb compte amb la filla, que no era de bona cristiana anar vestida amb pantalons i fent de carreter, que Deunostresenyor no ho jutjava digne. Com si ella sabés què era el que a Deunostresenyor li semblava bé o no! Aquell dia em vaig sentir molt orgullosa de ma mare, que en to suau i sense immutar-se li va replicar:

—Benvolguda senyora Solivella, els camins de Deunostresenyor per a cadascú de nosaltres són insondables. —I la va deixar sense saber què contestar.

Jo era a unes passes fora de la conversa, em vaig mossegar

la llengua per no dir el que pensava sobre la dona manefla i tafanera, i vaig resoldre que no tornaria a missa, que no estava feta per a mi, que hi anava per tradició, per ma mare, perquè ho havíem fet sempre, però que figurar-hi pel que diran no m'atreia gens ni mica, ni m'importava. El diumenge següent, la mare, que sortia de casa amb l'Elisa i la Teresa i la padrina, va cridar-me:

—Lola, afanya't, que fem tard!

El pare anava amb el padrí i l'oncle Siscu i en Jaumet unes passes per davant. I va ser llavors quan vaig fer-li saber que jo no hi aniria més, a missa, que ho havia decidit i res no em faria canviar d'opinió. La mare em va mirar fixament als ulls i els va abaixar sospirant, sense més ni més.

Vaig explicar al pare allò d'en Falciot, que ens podia deixar els diners que faltaven per comprar el camió. Que jo hi negociaria, que no patís, que jo m'encarregava de tot, que ja tenia aparaulada la venda de les eugues i del carro i comptades les pessetes de què disposava la mare, que també podien fer servei.

—Si hi està d'acord, pare, m'hi atansaré. Com vostè sempre ha dit, el camió ens permetrà tenir comandes de més lluny i amb molta més capacitat i la bòbila creixerà més i millor.

El pare havia estat patint diversos atacs de mal d'esquena darrerament. Dia sí dia també se'l veia garratibat, sense nervi per a res, amb el pesar dibuixat al rostre, amb un sofriment més gran que el que li produïa la ronyonada, que li venia de dins, com de l'ànima. Era pel Pere, de segur, vaig pensar. Ningú no l'esmentava, com si mai no hagués arribat la carta ni sabéssim tots que estava allà, a la presó, amb fred i gana, qui sap sota quines tortures i quin patir, ni per quant de temps. Però el dolor havia calat en nosaltres, en la família. La mare plorava pels racons quan ningú la veia, l'Elisa havia emmudit i també la Teresa, els padrins sovint resaven, al petit ni el veies, el pare tenia mal d'esquena i jo... Jo actuava.

El primer que vaig fer va ser contestar-li la carta i dir-li que estàvem bé, que ens alegràvem que fos viu, que això era el millor, perquè per les notícies provinents de Barcelona temíem per la seva vida, que l'important era aguantar per sortir-se'n i que ell era fort i que aniríem a veure'l i a dur-li menjar ben aviat. Que ens digués el nom de l'advocat i com podíem trobar-lo per saber alguna cosa més. I que es cuidés, que l'estimàvem molt. «Fins aviat, germà». I vaig signar de part de tota la família.

L'endemà vaig portar la carta a l'Alsina perquè sortís en el cotxe de línia, PERE ROIG CODINA, CASTELL DE MONTJUÏC, BARCELONA. I prou. Un cop a ciutat, la lliurarien a un carter. Ningú no podia garantir que li arribés ni que servís per a res. La segona cosa que vaig fer va ser bolcar-me en la compra del camió. Pensava que podria ser la nostra salvació i la del meu germà. El pare agafaria ales, m'ensenyaria a conduir i tan bon punt en sabés, aniria de dret a Barcelona a veure en Pere, i tal vegada a rescatar-lo, sent jo el cavaller i ell l'Englantina, i el castell, la presó, que amb tota seguretat era pitjor que l'infern.

—Ves-hi, Lola, ves a l'usurer, que jo no tinc esma, però recorda que ho és, que no ens colli més del que podem suportar, i no signis res sense haver-m'ho consultat —va remarcar el pare.

M'hi vaig presentar de bon matí. Vaig picar a la porta amb els artells de la mà, amb força, com per avisar que calia atendre'm, que no demanava permís, sinó que hi tenia el dret. Va entreobrir la porta la mare, la senyora Solivella, encara amb bata d'estar per casa.

—És casa del prestador? Hi és?

—Perdoni, senyoreta, però és massa d'hora, encara no està per a ningú —en to molest, i la va tancar.

Vaig tornar a picar amb força.

—Vingui més tard —va cridar de mala lluna—, no són hores!

Vaig decidir marxar per no fer-me mala sang abans de trobar-lo. El poble es despertava i se sentia el cant del gall. Vaig dirigir-me cap a la biblioteca, tancada. No sé a quina hora es lleva aquesta vila, amb la feina que hi ha per fer! La fonda era oberta. El germà d'en Martí despatxava cafès i barreges als homes. Vaig anar directa a la barra.

—Que se sap res del teu germà?

Ell va fer cara de no entendre el que li deia.

—D'en Martí!

—No, no, res.

—Doncs quan sàpigues alguna cosa, vens i m'ho dius, d'acord?

Va assentir amb el cap.

—On tens el diari?

—El té en Falciot, allà al racó.

La panxa se'm va regirar. Era allà. Doncs millor, podia matar dos pardals d'un sol tret i no havia d'anar al seu despatx.

—Bon dia. Ha acabat del diari?

—No —va fer en to sec i molest.

—Puc seure? —vaig preguntar tot assenyalant la cadira del davant.

Abans de contestar, va abaixar el diari, em va mirar per sobre de les pàgines que li quedaven a l'altura dels narius i va fer un què vols, amb desgana. Vaig asseure'm.

—L'he anat a buscar a casa seva per demanar-li un préstec.

—Encara no treballo, és massa d'hora, estic llegint el diari i no el penso deixar. —I el va aixecar com una cortina entre tots dos.

Vaig arrossegar la cadira cap enrere fent soroll expressament i em vaig alçar per anar-me'n sense més explicacions, quan va tornar a moure el diari fins a sota del bigoti.

—Ets la pubilla de la teuleria, tu?

Vaig fer que sí amb el cap.

—La que va amb pantalons portant el carro com un homenot per tota la comarca?

—No, senyor, jo soc la que treballa repartint la producció de la bòbila com està manat de fer.

—Doncs avui no en portes, de pantalons, eh? Tens un bon cos i fas goig —va dir mentre em repassava amb la mirada de dalt a baix—. Que et disfresses de dona quan demanes almoina?

—Si ha de continuar dient disbarats, aixeco el camp, Falciot, que és així com li diuen, sense el «senyor», no?

—Què vols? —va dir, contrariat.

—Un préstec —jo.

—De quant? —ell.

—Depèn —jo.

—De què depèn? I deixa de portar la conversa, que jo soc l'home i qui té la pela, així que soc jo qui pregunta i tu contestes quan jo et digui, entesos, noieta?

—Em penso que no, que no m'hi entenc, amb vostè, més em val anar a buscar algú altre.

—No en trobaràs cap altre a la vila. Soc l'únic prestador i jo trio a qui deixo els cèntims i a qui no. I també les condicions, i si no t'agrada, ja pots tocar el dos.

Vaig agafar aire i li vaig demanar per aquestes condicions, quines eren i com, amb el to més mesurat de què vaig ser capaç a fi de no escanyar el diàleg. Vaig deixar anar la xifra que em calia i em va contestar que n'eren molts, de calés, que hauríem d'oferir una bona garantia, potser la mateixa casa o la bòbila, fins i tot. Em vaig aixecar de cop, enrabiada, amb la sang que em bullia i li vaig dir:

—Ja m'havien advertit que vostè és un usurer i no he trigat ni un instant a comprovar-ho.

—Quin geni, noieta! Calmaaa! Així sí que deus fer bons negocis, tu, si a la primera ja faltes a qui li estàs demanant ajuda! Com es nota que el teu fort no és això, eh, maca? Que potser cuines bé? O sargeixes els mitjons com cal? Perquè la fenya d'home no et calça prou, ha, ha, ha! —I va fer una rialla estentòria que va fer que el públic del bar callés i girés el cap a veure d'on sortia—. Apa, asseu-te i parlem-ne.

Jo era dempeus, respirava a batzegades i em mirava la porta per tal de fugir, però sabia que necessitava aquell home i els seus diners bruts per als meus propòsits. «Lola —em vaig dir—, escolta'l per últim cop, a veure què més et pot oferir, sempre hi ets a temps, de marxar, i aquest és un bon lloc, amb gent i llum del dia i la porta és a prop».

—Bé —vaig suar per dintre per assuavir la veu—. Què més em pot oferir, senyor Solivella, que estigui d'acord amb la dignitat de l'empresa familiar a la qual represento? —I em vaig tornar a asseure, orgullosa del to i de les últimes paraules que havia pronunciat amb seguretat i pertinència.

—Potser ets tu, pubilla, i la teva digna família, els que m'heu d'oferir alguna cosa que pagui la pena, perquè la meva també digna persona vulgui desprendre's de la quantitat que us cal, i lliurar-vos-la amb la garantia que me la tornareu en els terminis i amb els interessos que em convenen perquè el meu negoci sigui pròsper i em permeti continuar ajudant altres famílies tan dignes com la vostra.

Vaig omplir els pulmons dissimuladament fent com que no em repel·lia aquell to arrogant.

—Entesos —vaig prosseguir—, amb el camió que comprarem ampliarem la clientela i podem donar servei fins i tot a la capital. Augmentarem la producció i els guanys, li podríem pagar amb una porció d'aquests guanys.

—Parles bé, noieta, però això és fum, com el que surt de la teva digna xemeneia. I si no en guanyeu, què faig? Em menjo el carbó, bufona?

Era insuportable.

—Li prego que canviï el to de la conversa, senyor Solivella. Faci's la idea que soc un home i que ha de negociar amb mi, perquè, si continua així, no ens en sortirem.

—Ai, pubilla, això sí que no ho faré pas. Et miro i no, no ets un home tu, ni per dalt ni per baix, si fins i tot se't noten les mamelles turgents des d'aquí, me les menjaria! —I va abaixar la veu per expulsar les darreres paraules, i se'm va acostar bavejant.

Una onada de fàstic em va sobreprendre tot el cos i va fer que em posés dreta d'un bot i sortís cridant:

—És fastigós, vostè! —I ho va sentir tothom, com la riota que va fer mentre jo tancava la porta de la fonda i la del préstec del canalla d'en Falciot per al camió. Merda.

La seva mirada se'm va clavar al cos com si m'hagués llepat amb la seva boca llefiscosa, em sentia bruta i la sang que m'escaldava el pit quan vaig sortir de la fonda em va esclatar en un plor desconsolat per la impotència de no saber manegar tot allò. Vaig córrer cap al riu i, després de sanglotar amb tota la ràbia, vaig cridar amb la força de què vaig ser capaç per espolsar-me l'escena i el soroll de la rialla que em rebotava a les orelles com un martelleig ensordidor. Em vaig rentar la cara i les mans amb l'aigua del torrent, mentre m'arribava la piuladissa d'uns pardals que semblaven barallar-se. I ja va estar.

En tornar a casa, ja tranquil·la, vaig dir als pares que parlar amb en Falciot no havia estat bona idea. Que era un usurer i no podríem fer mai tractes correctes amb ell, que, si em donaven permís, aniria a Lleida al banc a demanar el préstec, que allà a l'Alsina m'havien dit que aquesta era l'alternativa. I així ho faig fer. Vaig agafar el cotxe de línia, ja que era massa lluny per anar-hi amb carro, i em vaig emportar tota la documentació del funcionament del negoci de la bòbila, la llibreta i el llibre on constava tota l'activitat, que estava al dia i curosament anotada. Em va voler acompanyar l'Elisa, per no anar-hi tota sola. Amb ma germana estava segura, com si tota la bòbila, la casa i la família sencera vinguessin amb mi.

—Tot anirà bé, Lola —em deia—. Deixa que les coses vagin per on han d'anar.

L'Elisa no era d'enraonar, però en aquell viatge sí que em va explicar coses que jo no sabia. Com que la mare li havia proposat de treballar fora de casa, de servir en una altra. Que hi havia moltes despeses, érem molts, el pare no es trobava bé i ara vindria el camió i amb tot això... Jo em vaig esgarrifar.

—Li has dit que no, veritat? Què vol dir anar a servir fora de casa, on? A la vila? A qui li cal algú que li faci les feines, aquí? O és que vol que marxis fora?

—Calma, Lola, no t'esveris. Només m'ho ha comentat per si es donava el cas, no és res encara, està per parlar i decidir. El que passa és que les feines que jo feia ara les fa la Teresa molt bé. S'ha fet gran i ha acabat l'estudi, sap comptar i la lletra, i s'està a casa tot el dia, ja ho saps. No hi ha prou feina per a tothom i a mi no m'agrada la de la bòbila com a tu, ni transportar mercaderies ni res de tot això. Brodar, cosir, fer puntes de coixí i les feines de casa, i cuinar, sobretot cuinar, això és el que m'agrada, i a la Teresa també. És bona, la nostra germana, Lola. Has de saber que ella t'estima, com jo, i que totes dues estem molt orgulloses de tu, que sàpigues tantes coses per poder negociar i portar els comptes de la bòbila, i dur el carro i aviat conduir el camió, com bé dius, tan poderós. Però també has de saber que patim per tu. Que el poble tafaneja i malparla i que te n'has de protegir, que hi ha gent dolenta, Lola, persones roïnes que no volen veure les altres felices, que no ho accepten, només pel fet de ser diferents. Que la vida no és tan complicada com te la complicaran. —I amb aquesta dita va culminar la seva intervenció.

Jo em vaig quedar muda. No sabia què afegir-hi. «La vida no és tan complicada com te la complicaran». Em vaig anar repetint aquella expressió com un eco íntim fins a comprendre-la, fins a gravar-me-la al cervell, fins que romangués estampada en la meva ment com un presagi, un auguri que m'hauria de perseguir molts anys.

Vam continuar en silenci fins al final del camí. En arribar-hi, vam anar directes a l'oficina del banc de la qual m'havien donat referència al taller. Em vaig acostar a la finestreta i, tan bon punt l'home que continuava endreçant papers sense ni alçar la vista em va preguntar què volia, li vaig dir que un préstec. Va fer cara de sorprendre's i de parar-hi atenció. Duia unes ulleres de vidres molt gruixuts que se li aguantaven tot just a la punta del nas i, mirant-hi per sobre, em va etzibar contrariat que amb quin permís. Sense respondre-li, vaig treure el document amb la signatura del pare que m'autoritzava a fer-ho. S'ho va llegir escrupolosament mentre a cada línia m'espellucava amb la mirada. Aleshores em va dir que havia d'esperar el senyor director, que no em podia despatxar fins l'endemà, que estava força ocupat i calia demanar cita.

—Quina llàstima. Venim recomanades pels Tallers de l'Alsina de la nostra vila, que ens ha demanat especialment de venir a aquesta oficina, que no anéssim a cap altre banc, que aquest era el millor. Però no pateixi, ja els direm que el director està massa enfeinat i que no ens ha pogut atendre i que per això hem hagut d'anar a un altre banc. —I vaig fer com que girava cua.

L'Elisa romania unes passes per darrere, amb els ulls oberts com plats.

—Un moment, esperi's a les cadires del fons, a veure què hi puc fer —va dir amb aire de suficiència.

Passada una estona, es va obrir una porteta lateral i ens va rebre un individu molt mudat i aparentment amable que ens va fer entrar al seu despatx i asseure'ns al davant d'una taula de fusta llustrosa que feia joc amb un armari amb relleus de guerrers espanyols i carotes d'àngels i dimonis que imposava. Ens va requerir totes les dades mentre es fregava les mans, com si se les acaronés, i jo li vaig ensenyar tota la documentació que hi duia, després de donar-li records de part dels amos del taller, encara que jo només coneixia els treballadors. Em va felicitar per administrar tan bé la comptabilitat tot i ser tan jove i dona, «fet poc usual». I això ho va dir en to professional, i li ho vaig agrair.

Hi hauríem de fer una altra visita amb el pare, que havia de signar, però quan li vaig explicar que patia de l'esquena i que el viatge no era fàcil per a ell, em va proposar que un empleat del banc es desplacés fins al nostre poble per a la signatura, per parlar amb l'empresa Alsina i per abonar-nos directament la quantitat acordada. El crèdit es podria retornar en uns terminis raonables i amb un interès que la bòbila podria assumir. Al taller ens tenien compromès el camió que calia carrossar amb peces de segon ús perquè ens sortís més bé de preu, i ja seria nostre. Tot havia anat rodat. I em va venir al pensament la dita de l'Elisa, un averany dissortat, i cert.

A la tornada vam parlar d'en Pere. Jo li preguntava si creia que havíem d'anar-lo a visitar, que si en comptes del viatge a Lleida, no hauria estat més encertat d'allargar-lo fins a Barcelona per veure el nostre germà pres al Castell de Montjuïc i portar-li ni que fos alguna cosa de menjar. L'Elisa em va fer veure que ara no era un bon moment, que continuaven els aldarulls i els morts a Barcelona, «que ho diu el diari que tu llegeixes cada dia i ens ho xerres, que el pare no està per rodar tantes hores, així que hem d'anar-hi nosaltres i hem de preparar bé el camí». Que el més assenyat era esperar la resposta a la carta que li havia enviat, saber quant de temps s'hi havia d'estar i si tenia cap advocat, si ens en deia el nom, i així ens hi podríem també cartejar i saber més del cert.

—Elisa, vull anar-hi amb el camió tan bon punt el pugui conduir i em vegi amb cor de fer-ho fins allà. Tu m'hi acompanyaries?

—És clar. Ja hi pots comptar.

I ens vam mirar als ulls, on trobàvem cadascuna en l'altra un pou de confiança, un tronc on aferrar-nos, robust i ferm.

5

El soroll va irrompre de lluny com un tro. «Brrr». El tro que anuncia la pluja desitjada.

—Són ells! Venen! —se sentia arreu—. Per fi arriba el camió de motor!

Amb la compra, el pare havia revifat com un nen quan surt d'escola, ho sabia. A poc a poc, a mesura que s'acostava el moment, s'anava recuperant d'ànims al mateix temps que l'esquena se li redreçava i el somriure li tornava, com abans. Ens va explicar una vegada i una altra com havia après a conduir vehicles de motor, quan anava a la capital abans d'allò de l'esquena, just després de les riuades, quan havia vingut el rei i s'havia esfondrat el pont amb el pas del cotxe. Que baixava a Lleida a visitar el seu amic Joan, que tenia un taller i li deixava la Hispano Suiza, i que ja tenia l'autorització per conduir per si mai li calia, i com al taller de l'Alsina s'havien quedat impressionats de la seva destresa al volant i de com domava l'artefacte. Va anar a buscar el camió amb el petit Jaumet, que ja no ho era tant. Havia fet deu anys i ja treballotejava a la bòbila, com havia fet el seu germà gran, encara que diferent; en Jaume xalava amb la teuleria, hi creia, era obedient i servicial, sempre a punt per ajudar i sempre somrient. El pare estava orgullós d'ell i l'havia triat per al primer viatge amb el camió.

—Que tu, Lola, ja el conduiràs aviat, quan n'aprenguis, que te n'ensenyaré i ens deixaràs bocabadats! —I jo frisava perquè el futur fos ja.

—Preparеu-vos, que arriba el progrés —deia exultant— i aquest serà un dels primers camions que hi haurà a la vila i a bona part de la comarca, i amb ell podrem vendre teules i totxos i repartir-los més ràpid i millor per tot el món!

Vam sortir a la carretera a esperar-lo. Jo corria des de la casa amb un somriure per fora i per dins que no podia amagar. En veure'l com s'acostava, vaig plantar-me al mig com si no hi hagués ningú més i com si el camió hagués d'anar directe envers mi, només per a mi, amb aquell «brrr» magnífic, elegant, mentre els xiquets s'enfilaven per la carcassa i cridaven i aplaudien. Jo continuava fascinada a l'entrada de la bòbila i, en arribar a mi, va girar suaument per entrar al pati i va passar pel meu costat i quasi em va fregar amb la porta, on duia escrit amb lletres vermelles com l'argila «Teuleria Roig»..., i vaig sentir una esgarrifança, i es va aturar al bell mig, com feliç de ser-hi. I jo m'hi vaig acostar i el vaig acaronar, sense importar-me si algú em veia, i li vaig confiar:

—Benvingut, camió, ja ets a casa, serem bons amics, jo et conduiré i tu em portaràs arreu, i ningú mai no ens podrà separar.

L'endemà mateix em vaig llevar a trenc d'alba, amb el refilar del rossinyol. El pare baixava les escales fargant-se la camisa. Jo l'esperava al pati, disposada. Al final del turó es podia endevinar l'albada. No va obrir la boca, ni un bon dia, em va somriure i prou. Va anar cap al camió, va obrir la porta del conductor amb cura i sense soroll va treure el fre de mà. Mentrestant, jo obria la porta de la bòbila mirant-lo de reüll, per si hi donava el consentiment. Anit m'havia dit com ho faríem i jo recordava cadascuna de les paraules i de les instruccions, no podia fallar. Per no despertar tothom amb el brunzir del motor, vam engegar el camió fora, a la carretera. Vam arrossegar-lo entre tots dos, ell feia força amb una mà a l'eix de la porta i l'altra al volant, jo al darrere. El camió es va moure una mica, mentre jo hi recolzava el cos amb totes les meves forces i un ull mirant el pare, buscant sempre el seu vistiplau. Ell estava concentrat en el volant i en la seva porta, però per un instant li vaig endevinar un somrís.

En Julià, que dormia en un catre al costat del forn, ens va sentir i va venir a ajudar-nos. Mentre empenyia, em va picar l'ullet i, quan el camió ja va ser fora, va córrer a tancar la porta de la bòbila. Amb la pròpia inèrcia, el camió es va desplaçar uns quants metres i, superada la teuleria, el pare el va engegar. Un cop en marxa, va posar el fre, va baixar-ne i amb un gest em va dir que em mogués fins al lloc del conductor mentre ell entrava per la porta del copilot. Vaig obeir de seguida, amb el cor palpitant tan desbocat que, si no hagués estat per l'espetec del motor, de ben segur que s'hauria sentit. Vaig subjectar el volant amb fermesa, vaig respirar fondo i, sense deixar de mirar al davant ni un sol moment, com sempre feia amb el carro, endavant, sempre endavant, vaig seguir fil per randa les indicacions del pare.

—Ves prement el pedal d'acceleració a poc a poc.

Quan ho vaig fer, el camió es va bellugar i una emoció intensa, barreja de sobrecor i fascinació, va dibuixar-me el somriure de qui presencia la màgia. Així i tot, conservava el cap fred, concentrada, escoltant el pare.

—Ara prem el fre, amb suavitat.

Veia que em responia i el camió s'aturava quan jo volia, i tornava a accelerar, i el pare m'orientava de nou:

—A poc a poc, suau, filla. —I aquell «filla» se m'impregnava a dins com regalant-me pau, confirmant-me que tot estava al seu lloc i tot anava bé.

Vaig conduir fins més enllà del cementiri, on vaig fer mitja volta per tornar cap a casa. El pare va baixar a obrir la porta de la bòbila i, molt lentament i tota sola, vaig entrar-hi menant el camió, mirant a banda i banda, amb seguretat.

—Ja saps conduir, Lola, ja el pots dur tu sola —va proclamar el pare, com una benedicció.

Jo el volia abraçar i petonejar, però em vaig contenir. Només li vaig dir gràcies i ell va somriure. I prou.

El camió va passar a ser el centre de la meva vida, omnipresent. S'estava allà, al pati de la bòbila, imponent, i jo me'l bevia amb la mirada i el netejava al vespre quan tornàvem de la ruta i al matí a punta d'alba, abans de sortir. Tenia cura de les bugies, dels cilindres, de les rodes, del motor d'engegar. Vaig aprendre a revisar-ne l'oli, les vàlvules, el carburador, tot ell m'importava, per fora i per dins. Al principi el conduïa només el pare, i jo anava a la seva dreta amb la llibreta de comandes, com havia fet amb el carro, però molt molt més emocionada. Només de pensar que potser durant el dia el podria dur una estona, em produïa excitació, una frisança profunda de ser o de viure, que no sé si es pot anomenar felicitat, aquella il·lusió.

Anaven passant els dies, a pas de bou, assaborint-los a cada ruta, a cada camí, a cada revolt. El nostre camió era un dels primers de transport de mercaderies de la comarca i generava expectació arreu. Sortíem al matí ben d'hora, amb l'albada, després de carregar-lo, quan encara no hi havia gaire gent pel poble, però a la tornada, tant si era migdia com al tard, una munió d'infants i joves ens envoltaven i trotaven al costat, i d'altres ens contemplaven en passar. Quan érem a carretera oberta, el pare parava el camió sense avisar i em deia:

—Lola, au, porta'l, tot teu.

Ell descendia del vehicle i el rodejava mentre jo em col·locava al lloc per conduir, respirava fondo, i au, anem, camionet!

El primer cop va ser en tornar un dia que conduïa jo, al cap d'un parell de mesos de tenir el camió. Just quan travessaven la carretera d'amunt, un vent fluix va espargir el crit d'uns vailets: «Camioneraaa, uuuuuuh». El pare era al costat i ho vam sentir tots dos. Es va girar cap als nens i allà estaven, mofant-se'n al voral, fent gestos amb les dues mans com per amplificar el crit d'escarni. Jo, al volant, només mirava endavant, sempre endavant, encara que també els veia de reüll i tenia les oïdes ben obertes. Els mateixos marrecs que durant dies xalaven quan sentien el brunzir del camió, ara m'escridassaven. Seria cosa d'un dia, o de dos, vaig pensar, ja els passarà o s'hi acostumaran. A més, quan portava el carro també me'n deien, de ximpleses. El pare no va dir paraula, però li va canviar el posat, moix.

L'endemà no havíem de sortir fins a mig matí, així que, acabat d'endreçar la llibreta i tots el comptes, vaig anar cap a la biblioteca. La senyoreta Enriqueta no hi era. En el seu lloc hi havia una dona que vaig reconèixer com la mare de la Ramona Blanc, que havia estudiat amb mi, que no em va tornar el bon dia. Volia preguntar-li què hi feia, allà, però no ho vaig fer i em vaig submergir en el diari. Hi havia més d'una pàgina dedicada a la guerra del Marroc, que feia poc que s'havia reprès. Es veu que hi havia hagut una batalla amb milers de morts del bàndol espanyol, nois joves d'arreu que deixaven els ossos en una terra llunyana sense saber ni per què. Per això, perquè se'ls enduien allà, va haver-hi els aldarulls de la Setmana Tràgica que m'havia explicat en Pere ja feia anys, i «tenia raó», vaig pensar, no vam protestar prou. Potser entre els caiguts hi havia algú del poble, potser el fill d'en Maties o el xicot de la Cèlia, o els nebots d'en Ramon, que treballava a la bòbila..., tots havien estat reclutats per l'exèrcit.

Feia poc la Cèlia havia rebut una fotografia del front en què sortien tots quatre i la mostrava a tothom que entrava a la fleca exultant del goig que feien. Tant de bo no sigui un dels morts, pobra noia, n'estava molt del seu xicot. Tot i que, propers o no, la llàstima era la mateixa, nois més joves que jo, que a vint anys deixaven la vida, els projectes, els amors, per no res. Res de res.

—Que no es troba bé, la senyoreta Enriqueta? —vaig preguntar a la mare de la Ramona Blanc, però xiuxiuejant, ja que érem a la biblioteca i, encara que no hi havia ningú més, mai no s'hi aixecava la veu.

—No t'he de dir res, jo, a tu —va contestar ella en veu alta.

Em vaig quedar tan sorpresa per la resposta seca i forta que no vaig saber què contestar.

—Ja pots marxar, maca, que aquí no n'has de fer res.

—Què diu, senyora?

—Que facis el favor de tocar el dos, que estic vigilant aquest espai municipal per ordre de l'Ajuntament i que avui sigui l'últim dia que vens, tu no hi ets benvinguda.

—Però què està dient ara! Què s'empatolla, senyora! Fa molt que vinc i soc assídua d'aquesta biblioteca i me n'emporto sovint, de llibres, i els torno com està manat. La senyora Enriqueta...

—Ja no hi és i no tornarà mai més. I tampoc molts dels seus llibres, que ja me n'asseguraré jo, que desapareguin.

—Però...

—Que marxis, he dit, no ens agraden les camioneres, aquí.

I la vaig obeir. En baixar les escales, no sabia si plorar o tornar-hi. «Qui és aquesta dona per fer-me fora? Què està passant aquí? Per què no m'hi he rebel·lat i l'he deixat fer i dir?». No sabia on anar, necessitava treure'n l'entrellat, però no tenia temps, havia de ser a la bòbila a migdia i ja repicaven els quarts al campanar. Em vaig afanyar per arribar abans de l'últim toc de dotze. Allà hi havia el nostre camió al mig del pati, imponent, abarrotat fins a dalt, disposat per a la ruta. El pare no hi era. Els homes trastejaven ordenant teules i totxos. En Julià em va mirar i amb un gest va assenyalar-me que fes un ull a la casa. Hi vaig anar de pressa. El pare jeia al catre de la cuina, on temps enrere havia dormit en Pere, arraulit i cridant de dolor, la mare al seu costat.

—Què té, el pare?

—Ha tingut un atac. Aquest cop ha estat molt fort. Li estic preparant uns cataplasmes.

A la llar de la cuina es veia com s'escalfaven al caliu.

—L'Elisa ha anat a cridar el doctor, a veure si li pot donar alguna cosa, i tu hauràs d'anar tota sola a repartir. Pots dir a en Jaumet que t'acompanyi, sempre et podrà donar un cop de mà.

—No pateixi per res, mare, ja me'n sortiré.

Vaig anar cap al camió i en Jaume era al costat per si calia, que li ho devia dir la mare o ho havia sentit, sempre tan atent i diligent.

—Au, obre la porta i mira que no vingui ningú i la tanques darrere meu, no cal que vinguis, avui vaig només a les obres del pont del riu, molt a prop. Quan hagin baixat el material, torno de seguida.

—Ves amb compte, germaneta.

La seva veu em va ressonar a la d'en Pere i un presagi lúgubre em va venir de bursada, llunyà. En sortir, només el camió i la carretera van ocupar la meva ment, capficada a fer-ho tot bé, a transportar les peces fins al riu on els homes treballaven i tornar-ne sense cap entrebanc. Unes altres riuades havien malmès de nou el pont antic d'arcs, que es reflectia en l'aigua com una rodona perfecta. El mateix que es va ensorrar quan jo era joveneta i amb en Martí vam veure el rei que ens enxampava mirant-lo quan es canviava de roba.

No coneixia cap dels homes, devien venir de ciutat o d'altres indrets, perquè no eren del poble ni dels propers, i, per tant, tampoc ells em coneixen a mi. Vaig aturar el camió abans de travessar el pont i, mentre completava la maniobra, anaven deixant de feinejar i em dirigien la mirada primer uns pocs, després més, fins a ser tots. Potser n'hi havia una vintena. Jo feia veure que no m'adonava de l'expectació que havia creat.

—Vinc de la bòbila, ja podeu descarregar el material —vaig dir sense interpel·lar cap d'ells en concret.

Vaig caminar cap a la part posterior del camió per obrir les portes; ells, parats, petrificats, magnetitzats davant la meva aparició. Jo, abans que algú pogués dir alguna barrabassada, que me la temia, vaig dir en to dur i fort:

—Que no voleu els totxos o què? Au, afanyeu-vos, que no tinc tot el dia. Qui signarà el rebut?

Un d'ells va fer, de lluny, un xiulet d'aquells per fer notar que jo era una dona, gitat contra mi. Em va recórrer la pell i em va venir una esgarrifança. Vaig aguantar com si res, com si no l'hagués sentit, però ells ja havien percebut l'efecte que havia tingut en mi. Jo continuava rere el camió, amb les comportes obertes, esperant que el buidessin, però ningú s'hi acostava ni deia paraula. Després es va sentir un espetec amb la llengua, com el que es fa als ramats d'ovelles o a les vaques perquè avancin, que no cessava, d'altres s'hi van afegir, més i més, fins que un va fer un mugit de vaca i uns quants el van seguir. I reien i jo no sabia què fer.

De sobte, em colpejà un esglai, un terror a uns homes que es comportaven com animals, que em sotjaven com bèsties assedegades, i les cames em van començar a tremolar i tot el cos se'm va fer petit, feble, i jo, indefensa. L'espant que m'havien produït els devia satisfer, perquè com més tremolejava jo més es petaven de riure i més bavejaven. Aleshores vaig exclamar, per tallar l'escena i per agafar força jo mateixa:

—Qui és el capatàs, aquí? Qui mana? És que no sabeu parlar, vosaltres?

Un home més allunyat va dir que no hi era, que havia anat al poble.

—Doncs li dieu —vaig cridar altre cop amb la veu un xic trèmula— que si vol el material, que el vingui a buscar.

Llavors vaig tancar les portes del camió i vaig pujar-hi de pressa, després d'engegar-lo sota les mirades punyents i el silenci virulent dels homes, o feres, i amb el meu cor glatint a punt de sortir-se del pit. I vaig girar cua. I vaig veure com el seu esguard em seguia per tota la carretera fins que ja no els veia pel retrovisor. I vaig frenar el vehicle, detenint-lo de cop en sec. I vaig arrencar a plorar contra el volant amb tota la força i les llàgrimes que tenia acumulades des que la basarda m'havia foradat el cos. I l'ànima.

Quan em vaig calmar, vaig reprendre la marxa. Pel camí, dos homes venien caminant del poble. Els vaig esperar, un era en Morera, el vaig reconèixer, havia vingut a la bòbila a encarregar el material.

—Bon dia, senyor Miquel, porto els totxos que va demanar.

—Molt bé, pubilla. Que no està bé, el teu pare? Ja el vaig veure fotut l'altre dia.

—Té mal a la ronyonada, molt de mal.

—Vaja. Ja portes tu sola el camió? Déu n'hi do que valenta! Que te'n tornaves amb els totxos?

—M'he estimat més esperar que hi fos vostè —vaig mentir—. Faig la volta i vinc.

Vaig respirar fondo i hi vaig tornar, seguint el capatàs, a poc a poc, com fent caravana. Els picapedrers van aixecar el cap amb la fressa del camió. En Morera va escridassar-los perquè tornessin a la feina i va manar a uns quants que desestibessin el camió. Després d'obrir les portes, vaig esperar al meu seient de conductora que acabessin. De tant en tant els mirava pel retrovisor, sense rastre de rancúnia, com si res. Havia decidit que tot allò tenia a veure amb la feina i no deixaria que em trasbalsés.

—Au, ja està, bona feina, pubilla, records al pare, que es millori!

—Gràcies, senyor Miquel, a reveure.

I vaig respirar, alleugerida, gairebé satisfeta, amb un cert regust de victòria, malgrat tot.

No vaig explicar a ningú l'incident, tret de l'Elisa, que tenia nas per a tot. A la nit, en anar a dormir, em va preguntar què em rondejava.

—Lola, què tens? T'ha passat alguna cosa —va asseverar.

I li vaig fer cinc cèntims sense detallar-li el mal tràngol. Ella tenia aquest do, em llegia la ment, i el cor. Dies abans li vaig haver d'explicar allò de la mare de la Ramona Blanc. L'Elisa sabia sempre què passava, però no com les xafarderes o les bugaderes que tot ho xerren, sinó per dins, com si pogués veure el fons de les persones.

—La senyoreta Enriqueta era bona —em va dir—. Va patir un atac de feridura i es va quedar sense parla. No tenia ningú, cap germana ni germà. La van dur a l'auspici de Lleida, tota sola, pobreta.

—Em sap greu, no n'estava al corrent i no he pogut ni tan sols acomiadar-me'n. Em va ensenyar la lletra i a estimar la lectura, saps? Espero que s'hagi endut algun llibre amb ella, deia que feien companyia, que una bona novel·la és el millor amagatall quan van mal dades... A reveure, senyoreta Enriqueta, sempre la recordaré. —I vaig mirar vers l'horitzó, per on creuava una bandada d'ànecs cap al sud.

—I per què hi havia la senyora? La mare de la Ramona Blanc? —vaig reprendre al fil.

—Va demanar d'estar-hi quan va marxar la senyoreta Enriqueta.

—I què deu fer? No sembla pas que li agradin els llibres.

—Vetlla pel que ella creu que es pot llegir i pel que no. Hi ha fet anar el mossèn i han revisat llibre per llibre i han fet calar foc en uns quants.

—De debò? Això sí que no! Com ho saps?

—La Teresa ho va veure quan acompanyava l'oncle Siscu a l'apotecari, que hi ha hagut d'anar molts dies perquè el punxin per al mal d'ossos. Treien llibres i encenien una foguera al mig de la plaça, un dia feiner, sense cap festa ni res. I feia impressió.

—I tant, que en fa! I tristor, quins deuen haver cremat? Amb la cura que tenia la senyoreta Enriqueta de la seva biblioteca i de tots els llibres! Ja no hi podré anar, ni demanar novel·les en préstec, ni retornar-les al cap de pocs dies, o de molts, ni llegir la premsa ni les revistes setmanals de cap a peus fins a l'última lletra. Hauré de retrobar els romanços de canya i cordill i barallar-me amb els homes pel diari de la fonda... Per què la vida és tan difícil!

—No, Lola, no t'equivoquis, no ho és, ja saps el que et dic, la vida no és tan complicada com te la complicaran. —I vaig sospirar.

Després de l'adjudicació del pont del riu, vam estar unes setmanes sense cap comanda. La bòbila continuava funcionant i també el forn, dia i nit i cada dia de l'any, sempre, però sense consumir gaire fusta, a mig foc. Les peces que produíem, els totxos, les rajoles, les teules i els cairons s'amuntegaven al pati i jo només sortia a repartir amb el camió dia sí dia no. Potser tenia a veure amb la salut del pare, perquè ell era qui feia de comercial, sabia les obres que s'engegaven i les que haurien de venir, tant de la vila com de la comarca, dels pobles més grans i fins i tot de ciutat. S'avançava a les necessitats i parlava amb l'un i amb l'altre sobre el que haurien de menester i esbossava una planificació del que produiríem i repartiríem durant el proper mes.

D'aquesta feina me n'hauria d'ocupar jo, per bé que fins aleshores el pare era qui ho controlava i no m'havia deixat intervenir-hi. I ara vivia amb molts dolors, i trist. La mare en tenia cura, però també havia de cuidar els padrins, que s'anaven apagant tots dos alhora com dues espelmes bessones.

De l'oncle Siscu se n'ocupava la Teresa amb una paciència sense límits. L'Elisa feinejava tot el dia, sense descans. En Jaume feia el que indicava en Julià i sovint era al terrer. El pare ja no era el centre de la bòbila, havia quedat al marge de la feina, i el perfecte equilibri del nostre món, amb la peça que mancava del pare i també la del nostre germà que totes teníem al pensament, trontollava.

Havia arribat l'hora de complir el meu jurament. Aniria a Barcelona amb el camió a rescatar en Pere del Castell de Montjuïc. I vaig evocar a dintre meu la promesa del conte de l'Englantina, on jo era el príncep i el meu germà la princesa adormida a la fortalesa que havia d'alliberar. I de segur que hi haurà un drac, o un munt, em vaig dir, i que, com a molt, «el podrem visitar i portar-li viandes, i prou». A la nit vaig fer saber a la mare que no podia esperar. Que havien passat mesos des de la carta que jo havia enviat i cap resposta. Que hi havia d'anar. Que l'Elisa vindria amb mi, si en podia prescindir uns dies. Cercaríem una fonda de camí i a la ciutat, i que seria qüestió d'una setmana a tot tardar.

—Ai, filla. He parlat amb ta germana i hem convingut que, quan tu et veiessis amb cor d'anar a Barcelona per cercar el vostre germà, te l'emportaries, però te'n tornaries sola. Ja fa temps que vam decidir amb el pare que l'Elisa havia d'anar a Barcelona a servir. Tenim referències d'una casa molt bona per estar-s'hi.

—Però no me n'ha dit res, a mi, jo no en sé res, de tot això.

—Perquè tenia por que no la deixessis anar, que tinguessis molta pena.

—Bé, no és cert, sí que en vam parlar. Quan vam anar a Lleida a demanar el préstec pel camió, em va dir alguna cosa.

—Ho has d'entendre, Lola. Tenim moltes despeses i també hem de pagar el crèdit del camió. No hi ha prou feina i, amb la situació del pare, ens aniran molt bé els diners que ens pugui enviar i una boca menys per alimentar.

Volia cridar, implorar «l'Elisa no, l'Elisa no, no us l'emporteu, ella no!» i, com tantes vegades, em vaig empassar el prec, la ira, la defallença.

—Filla —va prosseguir la mare al cap d'una pausa—. Potser hi hauria una altra manera.

Llavors l'Elisa va entrar a la cuina on érem i la mare va callar. Venia de cal metge, que no podria acudir fins l'endemà.

—Mare, preparo les herbes per al dolor i l'ungüent per als cataplasmes —va dir.

—Espera. He dit a la Lola que aniràs a servir a Barcelona. Ella t'hi portarà.

L'Elisa va desviar la vista cap a mi, suplicant.

—Però vostè ha dit que hi havia una altra solució. Quina és? —vaig replicar jo.

—Que prengueu marit —va dir la mare, i va abaixar el cap—. Ja teniu edat, totes dues..., i també sol·licitant.

Em vaig quedar atònita, de pedra, i, en girar-me cap a ma germana, vaig endevinar que ella ja n'havia parlat, que ho sabia tot o tal vegada només ho havia pressentit.

—Va venir la mare de l'Artur Solivella a parlar de casaments. Que volia l'Elisa i, que si no, la Lola també li estava bé, que tenen molts diners i pagarien tots els deutes, només caldria posar al dot una part de la bòbila...

Volia xisclar de ràbia. Ara, encara més fort. En Falciot!

—Però què dieu, mare? Aquest home és un... No pot ser!

—Pren calma, filla. Va parlar només amb mi i no ho he dit ni al teu pare. Volia respondre-li que no i prou, però no em va semblar bé sense comentar-vos-ho, perquè us afecta, així que vaig contestar-li que abans de tot ho parlaria amb les filles, que jo no soc d'acordar casaments per darrere. I això estic fent.

—No, mare, no pot ser. Amb aquell home, no. Ni jo, que no vull prendre'n cap, de marit, ni l'Elisa, que no es mereix un individu com aquest, que, a més, li és igual quina germana, com si cadascuna no fóssim ben diferents, com si fóssim eugues i per tirar el carro fos igual l'una que l'altra.

—Deixa parlar la teva germana. Tu què hi dius, Elisa?

—Jo ja ho tinc decidit. Marxo a Barcelona a servir. Lola, tu m'hi duràs amb el camió i, abans de deixar-me a la casa bona, on estaré molt bé i guanyaré prou diners per enviar-vos-els i ajudar-vos, mare, anirem a cercar en Pere i el trobarem, i li portarem figues seques i torrons, i quan la Lola se'n torni, podrà donar la nova a la família que es troba bé i se'n sortirà, mentre el pare es recupera amb les cures de la mare i els seus ungüents i mentre vostè —mirant la mare— contesta a la senyora Solivella que les seves filles agraeixen la proposta de casament, però que tenen altres plans per a les seves vides i, tot i sentir-se afalagades, mai no acceptarien un compromís sense estimació.

—Amén —va dir la mare.

—Amén —vaig dir jo.

No vaig poder afegir-hi res més, bocabadada. L'Elisa tenia totes les respostes i amb un somriure dolç ens va agafar una mà a cadascuna i les va estrènyer suaument, segellant l'acord que havíem pres totes tres, sense el parer ni el consentiment dels homes en qui repercutia, que haurien d'acceptar-lo, sense més ni més.

Vam preparar el viatge durant tota la setmana. L'Elisa havia de tenir roba per a un bon temps, la que duia no valia per a la ciutat. La Teresa, la mare i ella van embastar, sobrefilar, sargir, repuntejar i cosir dia i nit perquè pogués emportar-se quatre vestits prou bonics, un per a cada estació de l'any. De sabates, només unes, i les espardenyes per al dia a dia. La Teresa li va fer un xal de llana i la mare li va arranjar l'abric. Totes emmudides, amb el cor encongit. Jo vaig revisar el camió per dins i per fora, cosa per cosa. El vaig apropar al taller de l'Alsina per si res m'havia passat per alt. Volia dir als operaris del taller que havia de fer un viatge llarg, el més llarg que havia fet mai el camió i volia estar segura que res no fallaria, però no gosava. Ja altres vegades els havia aguantat les baconades, especialment quan hi eren tots quatre i no tenien gaire feina, aleshores sempre n'hi havia algun que deixava anar una gracieta i els altres s'hi acoblaven.

—Mira que les bugies són femelles!

—I si no tenen mascle, no engeguen! —I ha, ha, ha.

Només vaig demanar-los de fer una revisió al camió de part del pare, que no es trobava bé. Això vaig dir, no tenia ganes de brega. Un dels treballadors em va preguntar si tenia l'autorització per conduir. Semblava que n'entenia, del tema.

—Que ja tens la llicència, tu, que cal per conduir cotxes de motor? Una autorització —i això darrer ho va dir allargant les síl·labes una per una, com perquè no me'n perdés cap ni una—. Que s'ha d'anar a Lleida i et fan un examen i tot!

—Però les dones no poden! —va amollar un altre. Que això és cosa d'hòmens!

—Jo crec que sí que tenen aquesta potestat, les dones, però em consta que cap dona ha estat capacitada per obtenir la llicència en tota la província, i no sé si ni a l'Estat! El que sí que sé del cert és que l'ha d'autoritzar el marit.

—I si no en tenen, de marit? I si són conques? —va fer un altre.

—Aleshores, el pare —va respondre.

—Sempre els cal un home! No poden viure sense nosaltres! —I van riure tots.

No hi havia pensat. És cert que ho sabia, ho havia llegit en una revista de vehicles de motor que ho explicava molt bé, i també amb el pare ho havíem parlat un dia. Em va dir que ell el tenia de quan havia anat a Lleida a aprendre a conduir, quan el seu amic li havia deixat l'Hispano Suiza model sardina, que li va aconsellar de treure's una autorització legal, que aleshores era sense cap més requisit. Després va canviar la llei i ja calia un permís de conduir que valia força pessetes i que et preguntaven si sabies conduir i et feien una prova per demostrar-ho. I si eres dona, necessitaves el consentiment del pare o del marit. A més, qualsevol policia o autoritat te'l podia demanar i, si no el duies, et podien prohibir de conduir.

Havia investigat què calia i on fer-ho, però ho havia deixat per a més endavant. I ara apareixia com un escull més per al viatge a Barcelona, no hi havia temps. Se'm va acudir de fer una carta del pare i la signaria jo mateixa, per si de cas. Em feia por que, si li recordava que em calia el permís, no em deixés partir o passés més angúnia. Ja eren massa preocupacions.

—Gràcies, no pateixin, condueix el meu pare i, quan calgui, ja demanaré la llicència de manera oficial.

I vaig tocar el dos, amb el camió ben disposat i repassat del tot.

El diumenge la mare em va demanar d'anar a missa amb tota la família, junts. Havíem previst sortir l'endemà ben d'hora.

—Si us plau, Lola, només avui, vine amb l'Elisa i resarem

totes plegades perquè Déu us acompanyi en el camí, i a l'Elisa tot el temps que estigui allunyada de nosaltres.

Hi vaig accedir. Ens vam mudar com si fos Diumenge de Rams, tot i que ja havia florit la ginesta i feia dies que cantava l'abellerol. L'Elisa va estrenar el vestit que li havien cosit la mare i la Teresa per a la primavera, el que pensava dur en arribar a la casa bona per causar bona impressió. Tenia floretes blanques i grogues sobre un fons blau marí i li arribava sota els genolls, com era la moda. Preciós. La Teresa duia faldilles fosques i camisa blanca, elegant. Jo em vaig abillar amb el vestit que més m'agradava. Era de fil de cotó, flonjo i molt còmode, per sobre dels turmells, amb un caient que em recordava la túnica de la meva primera comunió i la mantellina de papallones brodades que m'havia regalat la mare, que em feia sentir lleugera, com si estigués a punt de volar.

Una nit, quan anàvem a dormir, la Teresa em va dir que la mare tenia un vestit que ja no es posava i li havia donat permís per arreglar-lo per a mi, si jo volia. Com que em coneixia, la Teresa, sabia que em faria el pes. Dolça i riallera, parlava poc i somreia a cada instant. Tenia uns rínxols gairebé rossos, diferents dels cabells negres de l'Elisa i dels meus terrosos. La seva mera presència alegrava l'espai, només pel seu somriure persistent. Malgrat que la mare volia que anéssim tota la família a missa, el pare es va haver de quedar a casa, postrat al catre, amb el seu dolor i la tristor que li havia calat l'ànima. Tampoc no venien els padrins ni l'oncle Siscu.

El padrí vivia tancat a l'habitació, ja no podia moure's i la padrina en tenia cura, tot i que ella també havia envellit molt i molt de pressa, i caminava tan geperuda que semblava que el cap li havia de tocar el maluc. L'oncle Siscu, com fan els gossets amb els seus amos, es pansia al mateix ritme que ells. Vaig témer que potser l'Elisa no els tornaria a veure més a tots tres, «quan un falti, els altres aniran darrere com quan cauen les fitxes del dòmino», que tant agradava al padrí de jugar-hi.

Em va venir la imatge a taula de tots tres i alguna de nosaltres, o en Jaumet, i el soroll de quan remenaven les fitxes i els silencis durant la partida i l'oncle Siscu que deia «jo tinc el doble sis» i el padrí que el tallava, que el «dòmino el va inventar un mut» i callàvem tots. Per això vam anar l'Elisa i jo a convidar la padrina a venir a missa.

—Déu et guardi, filleta, i t'acompanyi en aquest camí que has d'emprendre, sigues bona sempre com ara ho ets, i quan passis pena, recorda els meus remeis.

La padrina era remeiera. Havia ensenyat a l'Elisa els misteris de les herbes que feien sanar i també de les que tenien altres propietats. Jo no ho havia entès mai ni hi creia de veritat, per això no em fixava en els noms ni en les seves funcions, però, si em calien, confiava en l'Elisa i en la seva saviesa. Jo havia patit del mal de la sang de més joveneta, cada lluna hi havia un o dos dies que sofria cinglades. Quan m'ho veia a la cara, sense que jo li ho demanés, em deixava una tisana a la tauleta de nit, que em feia sentir estimada i em feia desaparèixer la sensació d'urpa que m'esgarrapava les entranyes.

Vam arribar a la porta de l'església rere la mare, tota de negre, nosaltres tres, endiumenjades, abellides amb vestits de primavera. Fèiem veritable goig. Ens adonàvem de com atrèiem totes les mirades, sobretot de les dones, que ens repassaven de dalt a baix, però també les dels homes, més o menys libidinoses. Vam asseure'ns totes quatre seguides en un banc central, i en Jaume, al costat de la mare. Al sermó, el mossèn va parlar de la dona samaritana, que es veu que era el tros de lectura que tocava.

El va recitar en llatí, girat d'espatlles, mirant el sagrari, com sempre es feia i ningú no n'entenia ni un bocí. Després pronunciava l'homilia en la nostra llengua de cara als feligresos. La dona samaritana era poc honorable, perquè no en tenia, de marit, i Jesús li endevina que havia jagut amb cinc homes i ara estava amigada amb un altre, que tampoc no era espòs, i llavors ella es converteix i «hi creu» perquè Jesús li encerta, deixa la vida d'abans i es torna cristiana, ja que les dones han de seguir aquest bon camí que marca Deunostresenyor i tenir marit el primer de tot, que així ho diu l'Evangeli, i seguir els designis divins i mai estar per sobre de l'home, ni voler-lo imitar, ni vestir-se com ells, ni fer les seves feines, que mai no han d'oblidar que elles són éssers inferiors causants del pecat original i, malgrat això, poden eixugar-lo si fan com la bona samaritana i es penedeixen dels seus pecats i es tornen servidores de Jesucrist amb humilitat i devoció.

No podia escoltar més. Jo m'apercebia com el mossèn fixava els seus ulls en mi mentre feia el sermó, no eren imaginacions meves. També vaig sentir l'esguard de les que havien estat les meves amigues, la Cèlia i la Maria, totes dues van girar el cap subtilment per mirar-me de reüll, tal vegada per indagar com m'afectava i si jo podia suportar el degotall d'acusacions. Volia aixecar-me i anar-me'n, emmordassar-lo, m'enrabiava que les meves germanes i la mare continuessin com estàtues sense que els titil·lés ni una pestanya.

En el moment àlgid, vaig notar la mà de l'Elisa que em premia fort sense moure un múscul de la cara. Em vaig deixar estrènyer i em vaig alleujar, la sentia tan pròxima com si em xiuxiuegés «calma, Lola, no l'escoltis, no li donis el poder de pertorbar-te, d'apartar-te del teu propòsit», i vaig foragitar el pensament, ben lluny. Em vaig imaginar els camins que ens esperaven, els turons, els camps, els cims, el cel, i com seria la ciutat, la dels teatres i els cinemes, els passeigs i les botigues, els cotxes i els tramvies, el mar i els vaixells, però també la de les turbulències i els milicians, els avalots i la sang, la que havia tancat el meu germà en un castell, a qui aviat hauríem de trobar i, si us plau, deslliurar-lo de les cadenes.

Vam sortir al crepuscle, el pati era penombra i refilava el rossinyol. Em va recordar l'albada en què el pare m'havia ensenyat a conduir el camió. Ara no hi era. Hi havia la mare i en Julià, que va obrir el portaló. També la Teresa va sortir a dirnos adeu des del llindar de la casa, amb els ulls plorosos. El pare s'havia acomiadat la nit anterior, quan va sortir un moment de la seva cambra, amb gest de suplici i els llagrimalls humits, i sense parlar em va fer un petó al front. La mare va venir a la porta.

—Aneu molt amb de compte, filles. Elisa, sigues bona minyona com ho has estat sempre i fes-nos saber que tot va bé. Lola, tingues cura de la teva germana i vigila els camins. Allunyeu-vos dels perills i que la Mare de Déu us acompanyi. —Va abaixar la veu per encomanar-se a tots els sants i santes perquè trobéssim el seu fill bé de salut.

Nosaltres no vam esmentar el nostre germà. Jo m'havia llevat trista. La meva determinació per arrencar-lo de la seva masmorra s'havia esfumat la nit anterior com per art d'encantament. Un malson em va turmentar tota la nit i el tenia encara viu. Quan arribava al castell, un drac enorme havia engolit l'Englantina i només quedava fum, i jo la buscava angoixada i cridava fins a fer-me mal a la gola, i un ressò de l'infern em retornava la veu i m'empassava el fum i estossegava, i tot esdevenia llòbrec i jo queia per un precipici i no hi havia ningú, ni tan sols el drac, i jo sanglotava. Aleshores em vaig despertar, suada i xopa, afònica i amb llàgrimes fins a les orelles. L'Elisa em consolava, havia estat cridant i plorant en somnis. De cop i volta, em vaig adonar que m'havia desaparegut el braó per salvar el meu germà, la desesperació del malson m'havia calat l'esperit, ja no em guiava com la llum del final del camí, només faria el que calia fer, sense esperança, sense en Pere, com si no hi fos, ni mai hagués estat.

6

Vam arribar a Barcelona al capvespre, sota una inesperada pluja intensa que no deixava distingir el camí. Vaig haver d'aturar el camió en una vora i esperar que amainés. El brogit de les gotes sobre la carcassa era tan potent que no se sentien les veus. Però ens era igual, ens havíem quedat mudes, i petites. Per l'efecte de les cortines d'aigua, les cases a banda i banda del carrer apareixien i es fonien com per encanteri. La carretera era un fangar i a estones havíem hagut de vorejar obres i carros i piles de sorra i pedres, aquí i allà. El cel tenebrós queia sobre nosaltres, feroç. L'Elisa va entrecreuar els seus dits amb els meus, aquest cop buscant l'empara més que donant-la. La vaig mirar, semblava una nena perduda, amb els ulls encongits, els llavis tremolosos. Li vaig fer una frega a l'esquena.

—No agafis fred, germana, posa't el xal.

I li vaig acaronar les dues mans, amb força i un lleu somriure.

—Tot anirà bé.

Li llegia el pensament, tal com ella feia amb mi sovint, i hi entrellucava dubtes i por. Sempre aixoplugades a la bòbila sota la xemeneia, tan alta que arribava al cel, i pel forn que funcionava dia i nit i tots els dies de l'any, amb l'escalfor que mai, mai de la vida es mitigava, i ara, sota el diluvi colpidor al mig de la gran ciutat, érem a la intempèrie.

Al cap d'una llarga estona, la ruixada es va acabar dissipant. Gairebé no es veia la carretera, hi havia llot pertot i patia per les rodes, que no s'hi quedessin atrapades. Fosquejava i el cel continuava tot gris. Tenia pensat de preguntar a qualsevol pel carrer com anar al castell. M'havien dit que a Barcelona hi havia molta gent, però no comptava amb l'aiguat, que devia haver escombrat tota ànima. Em va semblar que érem en un bon lloc i que el millor fora no moure'ns-en fins a la sortida del sol.

—Elisa, avui dormirem aquí, al camió. Portem mantes i tenim pa sucat a la tina d'oli, que bé que hi has pensat, així que ja podem passar la nit. Apartarem els totxos i les rajoles a les bandes, i dormirem al mig.

L'Elisa no va contestar, va fer una lleugera ganyota d'aprovació i va anar al fons a preparar el lloc per jeure-hi. Havíem carregat el camió amb unes quantes peces, totxos, cairons i rajoles. Si ens calia una excusa per viatjar, sempre podríem dir que transportàvem material i potser, sense ser-ne conscients, dúiem un bocí de bòbila amb nosaltres que ara ens feia d'aixopluc. La negror va caure de cop.

—Au, descansem, amb la claror del dia tot ho veurem millor.

L'Elisa va agafar el son de seguida, amb la meva mà entre les seves. Jo no vaig aclucar l'ull, calia fer el cap viu als sons desacostumats que venien d'arreu, tan diferents dels nostres. Reconeixia els dels vehicles de motor que passaven a prop, els dels crits llunyans d'homes, el d'un carro arrossegat per animals amb l'«arri» també distant. D'altres eren totalment nous, com els d'impactes d'objectes desconeguts, uns brunzits de peces metàl·liques, els drings peregrins de vidres. De sobte, em va espantar un cop sec a la carcassa del camió. Vaig saltar al seient del davant i una cara d'home m'observava per la finestra. Cridava:

—Què fa aquí, aquest camió? Hem de fer obres a la carretera!

—D'acord, perdoni, ara el trec.

—Una dona? Una noia, n'és la conductora? Càsum dena, on arribarem! —Va fer cap al no-res, i es va allunyar.

L'Elisa s'havia alçat de puntetes i ja era asseguda al meu costat, em va mirar i va assentir, ja podíem partir. Apuntava l'albada. Vaig engegar el camió i a poc a poc em vaig incorporar al carrer. A la nit no havia plogut, la calçada era prou eixuta i es podia circular, però calia vigilar els sots perquè no s'hi colgués una roda. Vam seguir al peu de la lletra les instruccions del xofer de l'Alsina.

—Quan arribis a ciutat, no surtis de la mateixa carretera que t'hi ha portat. Es diu carretera de Madrid i és perquè ve d'allà. Sempre recte fins que acabis a la plaça d'Espanya, que ara diuen així a un terreny que hi ha al final, ple d'obres, a la falda de la muntanya de Montjuïc. Madrid i Espanya, no té pèrdua. Un cop allà, pregunta per la teva destinació a un guàrdia o a qualsevol del carrer, hi ha molta gent en qualsevol banda.

Com més ens hi endinsàvem, més cases hi havia i més rebombori. Molts cotxes de motor, més dels que mai no havia vist, tots seguits, que avançaven els carros de mules i cavalls sense cap mirament i feien sonar les botzines ençà i enllà. Gent, cada cop més gent, a les voreres i on fos que hi havia terra, cases altes i baixes barrejades amb camps i horts, més cases altes i baixes i cada cop menys camps i menys horts, fins a haver-hi només cases altes i baixes i prou. Una extensió de terreny desordenat i caòtic indicava que havíem desembocat a la plaça d'Espanya. Plena d'obres, de picapedrers i d'altres homes que traginaven amb sorra i totxos amunt i avall, cotxes, camions, carros i tramvies que creuaven pel mig, amb les vies de ferro mig soterrades i les quatre columnes allà al fons.

—Reconeixeràs la plaça per les obres i per les quatre columnes que van acabar ara fa poc i que es veuen des de tot arreu..., que simbolitzen les quatre barres de la nostra senyera.

Això havia dit el xofer, amb un posat solemne en l'última part de la frase.

—Guaita, Elisa, les quatre columnes! Dalt de tot del cim de la muntanya trobarem el castell i el nostre germà.

Em vaig aturar al voral per descansar una mica. Calia estirar les cames i asserenar-nos per continuar. Cap senyal ni camí indicaven per on havíem de tirar i la muntanya es mostrava feréstega al costat d'una munió de vehicles, carrers i avingudes. En baixar del camió, el xivarri i la bullícia eren insuportables. Em vaig acostar a un grup de picapedrers i em vaig dirigir al que semblava que manava, que no feia res, només fumava dret al davant amb la mirada perduda cap als que hi treballaven.

—Bon dia, per anar al Castell de Montjuïc? —No es va ni girar cap a mi.

—Com, caminant? —amb desgana.

—No, amb camió. —I el vaig assenyalar.

Va alçar la vista tot d'una, amb interès.

—Ai, carai! Ves per on! —I va fer una llarga xuclada al cigarro i es va empassar el fum fins que el va treure amb parsimònia amb els llavis fent de xemeneia, cap al cel—. Per aquí no es pot, has de continuar tot recte fins que trobis el camí a la dreta. —Va fer una pausa—: Però et deturaran abans de la tercera passa, noia! És terreny militar i no hi deixen passar. I què hi vas a fer, tu, al castell? Què hi aneu a fer, amb aquesta altra noieta? —amb to mofeta.

—Vaig a la presó a visitar un familiar —vaig contestar en to sec.

—Ai, coi! Doncs a veure si tens sort... Una noia tan maca conduint un camió i amb una altra que també ho sembla prou, potser sí que us deixaran passar, però tal vegada haureu de pagar penyora! —I va deixar anar una rialla barroera.

Vaig tornar al camió fastiguejada, fent com si no ho estigués.

—Què diu, Lola? T'ha molestat?

—No, no, i ara! Només que no és per aquí, cal buscar el camí que du al castell, per l'altra banda.

Vam reprendre la marxa, jo mirant de no pensar ni un instant en els comentaris de l'homenot, que prou en tenia de conduir pels carrers esbojarrats. En veure un trencall que hi enfilava, el vam agafar, amunt, sempre amunt. Dos soldats ens van barrar el pas.

—Anem al castell, a la presó, a visitar el nostre germà.

—Avui no és dia de visites. A més, no està permès cap vehicle per aquest camí. Giri avall i hi van caminant, si volen.

—Però...

—No hi ha cap «però», senyoreta, i miri que no li demani la llicència de conducció, a veure si li confisco el camió. I, a més, li cal una autorització marital o paternal. Espero que ho dugui tot en regla. I ara, marxi abans que m'ho repensi.

—Sí, senyor.

Vaig girar cua de pressa i vam desfer el camí. En una giravolta, quan ja no ens podia veure ningú, l'Elisa em va fer parar.

—Lola, queda't al camió per aquí i jo pujaré a preguntar per en Pere.

—Vols dir, tota sola?

—Sí, hem de saber si hi és i quan podrem visitar-lo. No cal que hi anem totes dues, i val més no deixar el camió sol, ens cal, et cal per tornar. A més, a partir de demà estaré sola i bé que m'hauré d'apanyar!

Amb l'Elisa no hi havia discussió, les seves raons eren assenyades i no admetien contradicció.

—Bé, m'estaré aquí mateix.

I la vaig veure allunyar-se carretera costeruda amunt, saludant-me amb la mà... No sabia com passaria aquell temps esperant-la. Vaig recordar que havia agafat un llibre per si em calia. Tanmateix, el cor se m'havia encongit tant que l'ànsia em devorava i no em podia concentrar en la lectura. En girar el coll, vaig descobrir alguna cosa en el paisatge que em va cridar l'atenció. Vaig baixar del camió i m'hi vaig aproximar: era un mirador sobre la ciutat, grandiosa. Feia un dia clar i des d'aquell indret podia albirar una munió d'edificis, molts en construcció, carrers en totes direccions i fins i tot com s'assentava la vila, colossal, entre turons i els dos rius que la retallaven. Més cap a llevant, d'improvís, va aflorar davant les meves pupil·les una immensitat de blau intens que no era el cel, que arribava fins a l'horitzó i que jo no havia vist mai: era el mar.

S'intuïa la línia de la costa i tota la platja fins al port, amb els vaixells de pesca i d'altres enormes, com els que havia vist a les revistes, que travessaven l'oceà. Se'm va posar la pell de gallina. El primer pensament va ser on acabava tota aquella aigua, què hi hauria més enllà de l'horitzó. Després em vaig deixar captivar per l'espectacle de tot el blau, intens, blau marí. Fixa la mirada, abstreta del món, vaig imaginar-me volant per damunt del mar, amb les ales obertes com les gavines que ara distingia, anar baixant i passant a frec de l'aigua i les onades, fins a endinsar-m'hi tota.

Havia perdut la noció del temps quan vaig entreveure l'Elisa dalt del camí. Baixava amb pas ferm i el semblant moix. Vaig adonar-me de l'angoixa que l'aclaparava. Com més se m'apropava, més la percebia. Havia plorat, i encara li queia alguna llàgrima que provava d'amagar. Jo, inerta, esperava mentre el cor em batia impacient i tota jo em tornava dubtança. Ella esbufegava i va haver d'agafar alè per parlar.

—No hi és, al castell. Ha passat uns sis mesos allà, però a començament d'any se'l van endur a la presó Model, una de nova que hi ha més a prop de la ciutat.

Quan ho deia, un deix d'amargor es filtrava per les paraules i, dins de cada una, entre les lletres.

—Em vols explicar res més?

—No, ara no, anem-nos-en.

I vaig girar per tornar a la ciutat i potser cercar i trobar l'altra presó on havia de ser el nostre germà, amb un neguit tan fort i un pressentiment tan tèrbol que res no els amansien. L'Elisa callava, amb els ulls llagrimosos i la mirada perduda. Ambdues sabíem que era greu. Que potser ens havien d'estroncar l'esperança, també sabíem que patíem igual pel nostre germà, que havia marxat un dia i que encara no sabíem si podríem tornar a veure'l, tan a prop com n'érem. I tan lluny, alhora.

I va esclafir a plorar. Jo havia aparcat el camió a un costat del carrer per decidir on anàvem. Ma germana sanglotava, cada cop més descompassadament, fins a perdre la respiració, i jo la interrogava impacient:

—Elisa, què tens, què t'han dit, què li ha passat, a en Pere?

Ella no podia ni parlar, només plorava, fins que va balbucejar al mig dels somics:

—Mort, és mort, mort, és mort, mort... —I continuava repetint-t'ho amb una veu esfilagarsada, i jo que no sabia què dir, ni què fer, ni què pensar, ni res, i vaig cridar un «nooo!» amb totes les meves forces i la vaig sacsejar de les espatlles.

—Digues, què t'han dit? Ho he de saber! Què t'han dit?

I, ella, amb la llengua convulsa:

—Que l'han mort, germana, l'han mort. Diuen que es va intentar escapar, en el trasllat, i li van disparar, per l'esquena. —I va fer un xiscle de dolor.

I jo que vaig notar com un foc em pujava per les entranyes i flamarejava per tot el cos i pels ulls, les galtes, les orelles, i de la gola em rebentava un altre «nooo!» llarg i profund que em trencava el coll i la veu, i el plor es desfermava i el dolor ho omplia tot, fins a percebre l'Elisa, que m'abraçava, que ens abraçàvem, amb la cara enllagrimada totes dues i dient el seu nom.

—Pere. El nostre germà. Pere. Mort.

La mare ens havia donat l'adreça d'una pensió d'uns coneguts del poble. Quan vaig recuperar el seny, vaig deixar el camió en un descampat on n'hi havia d'altres, a prop d'on érem, una avinguda gran amb bullanga i gentada que semblava un formiguer. La pensió era a tocar del Paral·lel, em va dir el xofer de l'Alsina, amb el mateix nom d'aquell carrer. L'Elisa i jo, amb els cors fets miques, caminàvem perdudes per la ciutat que ens havia robat el germà. En un cafè ens van dir com s'hi arribava, era a tocar, només havíem de recórrer unes passes més enllà. Les vam fer, alacaigudes, tot sortejant homes, policies, militars, joves minyones, senyores mudades, noies com nosaltres... Ningú no ens mirava, ens havíem tornat invisibles. Sense cap motiu, una imatge va captar la meva atenció i em va distreure dels foscos pensaments. En un dels cafès, a la terrassa, hi havia un grup de dones, només dones, que ocupaven tres o quatre taules. Potser n'hi havia una dotzena o més, sense cap home. Parlaven en veu alta, se les sentia discutir d'alguna cosa sobre el treball, i també reien estentòriament, i una va aplaudir després que una altra hagués dit alguna cosa. Em vaig quedar badoca observant l'escena. Per un moment em va venir el desig de saludar-les com qui no vol la cosa i departir sobre les seves vides, sobre què feien i què desitjaven, si treballaven, si conduïen, si alguna duia un camió i si era ja habitual per aquí, i com veien el futur proper. La veu de l'Elisa, «au, anem», i un suau gest que em tibava del braç em van fer tornar a la nostra densa dissort. Vam trobar la fonda i la senyora que la regentava, amb prou feines vam escoltar el que ens deia, només les indicacions imprescindibles per pujar a l'habitació i poder ajaçar-nos juntes en un llit atrotinat, per continuar sofrint plegades, tota la nit, fins l'endemà.

En veure un raig de claror que es colava per la finestra, em vaig alçar. Quan la vaig obrir, una glopada d'aire estrany em va espavilar. Donava a un carrer estret, però si hi treies el cap, a la dreta es veia una avinguda, per on passava poca gent a aquelles hores, només algun cotxe de motor de tant en tant i esporàdics carros de cavalls. Al fons, el raig de fum d'unes xemeneies em van fer remembrar la bòbila, encara que la flaire era diferent, bruta. Tot m'era hostil. En tornar als meus pensaments, vaig invocar al cel que fos tot un malson. No ho era. La realitat va caure'm al damunt com un plom i vaig haver d'aguantar-me les llàgrimes per por de no poder-les deturar. Vaig despertar l'Elisa acaronant-li els cabells amb dolçor.

—Necessitem saber del cert on és en Pere —vaig xiuxiuejar—. O on l'han enterrat. —I vaig tancar els ulls amb força per no sentir-me dir les darreres paraules.

L'Elisa es desvetllava d'una nit obscura, tal vegada feia poc que havia aconseguit agafar el son. Malgrat això, es va incorporar, feble. Amb l'esquena recolzada al coixí, amb mi asseguda al seu costat al llit, va clavar la mirada al fons dels meus ulls amb serenor, com si amb una vareta màgica l'hagués retornat al món.

—Ara t'ho explicaré tot.

Amb un to pausat i greu, va començar el seu relat, un que jo no havia d'interrompre en cap moment.

—Quan vaig arribar a les portes del castell, hi havia dos militars. Vaig dir-los que jo era germana d'un pres, que venia de molt lluny i volia saber si hi era i quan el podria visitar. Em van deixar entrar pel pont del fossat que donava a una arcada llòbrega, a un passadís amb el sòl de llambordes que relliscaven al caminar i les parets brutes i negres del sutge de la foguera encesa de dins. Al fons, un reixat imponent tancava el pati interior, on es veia un eixam de reclusos i també alguns militars, tots amalgamats. Dues dones més feien cua davant d'una taula on un militar remenava papers. Elles van dir un nom i el militar va resseguir una llista amb el dit, «no hi és», i aleshores les va fer circular i van anar-se'n amb el cap jut. Quan va ser el meu torn, vaig pronunciar el nom Pere Roig Codina. El militar, en sentir-lo, va fer un posat estrany, em va fer la impressió. Va furgar entre els papers, va alçar la vista cap a mi i en to sec i mirada dura va llegir... això. —I en aquest moment del relat, l'Elisa va aclucar els ulls, va treure un paper de la butxaca i me'l va lliurar. Hi havia el nom d'en Pere i una descripció. El vaig llegir en veu alta a poc a poc, amb un clau al cor i una escàrpia a la gola.

—«Home, vint anys, sense domicili. Abatut en l'intent de fuga en el seu trasllat a la presó Model. Dos trets amb orifici d'entrada per l'esquena sortida per abdomen. Mort instantània». —Amb el clatell rígid, vaig alçar els ulls entelats.

L'Elisa va continuar amb aquella veu pesant.

—El militar va dir que feia uns tres mesos, molt a prop d'on érem, i va assenyalar el camí d'on jo venia, i com que no em movia perquè m'havia quedat paralitzada, va insistir amb ràbia: «Que no ho entens, noieta? Que és mort, que li van haver de disparar quan intentava fugir en ser traslladat a la presó Model». I jo encara li vaig preguntar atordida si era a la presó Model. Contrariat, el militar em va escridassar: «Que és mort, aquest noi, mort i enterrat a la fossa comuna del cementiri nou, que no constaven familiars. Queda't el paper on ho diu i au, ja pots marxar». I vaig tornar mai sabré com. No t'ho podia dir, no podia repetir-ho, encara no.

I va rompre en plors, entre singlots, i m'hi vaig afegir, totes dues deixades anar, vessant llàgrimes de sang, amargament, i ens vam abraçar. Compartíem la pena profunda, el dolor, la còlera, el germà, la seva mort i l'únic consol de tenir-nos l'una a l'altra, que també aviat hauria d'esvair-se.

Vam esmorzar poc i en silenci. En sortir, l'Elisa em va demanar que la deixés aquell mateix dia a la casa on anava a servir.

—No allarguem més aquest pas. No podem fer res per ell, i com més aviat tornis i estiguis pels pares, millor.

—Anem a veure la fossa, Elisa, necessito veure on està enterrat, deixar-hi encara que siguin unes flors, acomiadar-nos-en totes dues, plegades.

Va deixar passar un segons i va assentir silent. Vam anar fins on teníem el camió i vam engegar-lo per enfilar de nou la muntanya cap al cementiri de Montjuïc, la paraula que ens duia del dret a la mort del nostre germà. Després d'estacionar-lo, vam anar al guarda i li vaig mostrar el paper, per si podia tenir cap pista de si era enterrat a la fossa comuna.

—No sé llegir, jo, senyoreta. Ara, que si ha mort al castell fa uns mesos i sense familiars, poden tenir la certesa que és allà, en vam enterrar uns quants.

Vam arrossegar els peus cap on ens havia indicat, amb les flors que havíem collit als vorals del camí, d'aquella primavera perversa. Les hi vam deixar, gemegant. La sordidesa de l'indret, una pedrera sense vegetació, sense làpides ni creus ni cap senyal humà, es va apaivagar amb el cant insistent d'una cadernera.

—Escolta-la —em va ordenar l'Elisa—. És l'ànima d'en Pere que ve a dir-nos adeu.

Vaig somriure amb recança i enyor. Era ben bé el record de la seva xerrameca. Em va venir la seva veu, les arengues sobre el món, els treballadors, les vagues, els bons i els dolents, els amos i els obrers, ell dalt del carro al meu costat, segur del seu discurs que l'hauria de dur a la mort, tan prompte. L'Elisa xiuxiuejava una pregària. Em va semblar un parenostre, amén, i es va persignar.

—Bon viatge, germà —vaig dir. «Siau, germanetes», vaig creure sentir en el ressò de la pedrera, en la melodia de la cadernera o en algun altre lloc recòndit.

L'Elisa anava a prestar servei en una casa bona, un pis principal d'una avinguda gran que feia cantonada amb el carrer Roger de Llúria. Duia l'adreça escrita en un paper. Vaig aturar el camió just al davant i vaig aixecar la vista cap a l'edifici, imponent. «La meva germana ha de quedar-se aquí per molt de temps», vaig pensar. Temps durant el qual no ens veuríem, ni ens confortaríem, ni ens faríem companyia, ni ens abraçaríem. La dolença per la mort del germà ens havia foradat i no ens deixava pensar ni fer. No podíem fer res més que cenyir-nos mot per mot al que havíem decidit per endavant que era el que calia. Totes dues tristes i enutjades amb nosaltres mateixes, per no haver sabut o pogut posposar el moment de separar-nos i que s'imposava, ineludible.

Jo simulava estar molt pendent dels petits detalls, de parar el camió, de verificar que quedés ben aparcat, de revisar-lo tot ell. L'Elisa anava recollint l'abric, la bossa, les restes de l'esmorzar, amoïnada de no deixar-se res i de no distreure's. Però ambdues sabíem què teníem al davant i no ho volíem veure: el comiat. Un altre. Quan ja no ens restava res més a fer, ens vam mirar cara a cara i ens vam sorprendre totes dues alhora plorant, amb els ulls vermells i una llàgrima gruixuda caient per la galta, fins i tot per la mateixa galta, idèntiques, fetes del mateix material, que ens reconeixíem una a l'altra com en un mirall, conscients que era un adeu per molt de temps, conscients que des d'aquell precís moment ja ens enyoràvem.

Vaig agafar la maleta i vam anar fins al sumptuós edifici. Hi havia un porter molt mudat.

—La casa dels senyors Bellmunt? La meva germana ve a servir-los.

Ens va demanar el nom i ens va fer esperar al vestíbul. No vam gosar seure al banc de fusta retallada amb formes arrodonides que hi resplendia. Ens vam apartar per no trepitjar la catifa de colors i filigranes i no embrutar-la amb les nostres sabates pastifejades. Al fons hi havia l'escala, tota de marbre blanc lluent amb el bust d'una Venus que rematava el passamà. A sobre nostre, un llum de cristalls preciosos que ens enlluernava. Aclaparades. A la nostra dreta hi érem nosaltres mateixes, un mirall amb adorns daurats reflectia la nostra imatge. No ens reconeixíem, abatudes, fosques. L'Elisa no s'havia abillat amb el vestit blau marí amb flors blanques que havia triat per a aquest dia. Ni jo amb el de fil de cotó que m'havia arreglat la Teresa i que em recordava la túnica blanca de la meva primera comunió. No. Estàvem de dol. Sense planificar-ho, totes dues ho havíem triat, de cap a peus. Dues taques negres que traspuaven una aflicció infinita.

El porter va tornar per una porta lateral i va fer un gest indicant-nos el camí. No havíem de continuar recte per l'escala tota de marbre blanc lluent amb el bust d'una Venus que rematava el passamà de fusta, sinó entrar per on ell havia sortit, que conduïa a una altra escala i a un altre món menys luxós i menys carregós.

—D'ara endavant has d'entrar i sortir sempre per aquí. —I va assenyalar la porta que donava al carrer per un lateral—. Mai més no usaràs la porta principal, que és d'ús exclusiu dels senyors. Tot el servei, les minyones, els xofers i els aprovisionaments entren per aquesta porta. Ho has entès?

—Sí, senyor —va fer l'Elisa, servil.

Va agafar la maleta de terra i em va mirar fixament, anguniosa.

—Puc acompanyar-la fins a la casa? Vull conèixer on s'estarà i saludar la seva mestressa.

—Com vulgueu, però no sé si li agradarà. —I va arronsar les espatlles.

Vam pujar les escales de servei i vam picar a la porta del principal. Ens va rebre la governanta de la casa, que és com es va presentar.

—Soc la governanta d'aquesta casa, l'esperàvem feia dies. Espero que això no es torni a repetir, cal ser puntual i complidora —va advertir l'Elisa tan bon punt li vam indicar quina era la que es quedava de minyona.

Me la vaig mirar de dalt a baix, tal com ella havia fet amb nosaltres. D'edat indefinida, alta i prima, amb un parlar molt tibat, molt mudada, amb un vestit negre fins als peus, camisa blanca i un collaret amb un penjoll de plata rutilant, crec que mai no havia vist una dona així, tan polida. Li va mostrar la seva cambra, un racó minúscul sense ventilació al costat de la cuina, on hi havia un catre amb l'uniforme de serventa plegat a sobre la vànova.

—Te'l poses i després en parlem. Pots rentar-te a l'aixeta de la cuina i l'excusat està a fora al pati. Vostè ja pot anar-se'n —em va dir sense embuts.

L'Elisa es va deixar manar, amb un «sí, senyora governanta», i em va mirar ara ja amb ulls de comiat. Jo vaig parpellejar, com assentint, i ens vam abraçar llargament.

—Elisa, si no estàs bé, m'ho faràs saber? Si us plau, digues que m'ho diràs, i jo et vindré a buscar.

—Sí, germana, de veritat, no pateixis per mi. Torna al poble, parla amb els pares, consola la mare, envia'ls el meu condol, i digues que jo estic bé, treballaré molt i els ajudaré.

La majordoma va tancar la porta de cop quan encara ens

acomiadàvem, sense pietat, quan encara movíem les mans l'una i l'altra mirant-nos al fons dels ulls. Tampoc no en sabia res, del patiment que ens turmentava, ni ningú li ho diria mai. Vaig baixar les escales ploriquejant. En sortir al carrer vaig aturar les emocions. No volia pensar en res. Si ho feia, no podria conduir. I calia anar amb compte, hi havia gent a cada pam de terra. Vaig engegar el camió i vaig girar i continuar carrer avall. Sense rumb fix. La ment m'havia quedat en blanc. En una cruïlla, un guàrdia em va fer aturar per donar pas als vehicles de l'altre carrer i just davant meu va passar-ne un conduït per una dona. Ella no em va veure, anava tota mudada, amb barret i ulleres de cel·lulosa. Vaig prendre consciència que era la primera, que mai fins aleshores no havia vist cap dona davant un volant llevat de mi mateixa, i tampoc no entenia per què no m'havia sobtat.

De cop i volta, ignorant d'on sortien, vaig veure uns vaixells de pescadors al final de tot del carrer, a la sorra, i més enllà, el mar. Vaig aturar el camió i m'hi vaig acostar, absorbida per la visió que havia tingut des del castell quan encara creia que en Pere era viu i jo l'havia de treure de la cel·la, com al conte de l'Englantina, sense voler pensar en el final. Quan hi vaig ser al davant, em vaig descalçar i vaig caminar per la sorra fins a notar com l'aigua freda em fregava els peus. La grandiositat d'allò que jo no havia vist mai em va agafar desprevinguda. Em vaig quedar palplantada mirant l'horitzó mentre el balanceig de les ones m'hipnotitzava. Havia llegit tant de les onades del mar, de mariners i nàufrags, de sirenes i pirates, del que portaven i s'enduien... Percebia els meus peus acaronats per la fredor i el gust de sal i l'olor de fondària. Volia capbussar-m'hi per desaparèixer, per esborrar tot allò que havia passat, per tornar enrere, a la infància, i córrer per la bòbila amb els meus germans, innocents i feliços en aquell passat idíl·lic.

Vaig caure postrada sobre la sorra, l'aigua ara em mullava gairebé tota, davant la infinitud del mar. Sentia que m'esgarrava per dins i que moriria de tant de mal. Vaig cridar sanglotant amb força, amb la veu esquinçada, cap a aquell mar omnipotent. Com si fos un déu, vaig pregar-li que me'ls tornés:

—Pere, torna…, torna-me'l, mar, torna-me'l…!

Vent.

—Elisa, vine… amb mi, no puc…, no puc passar aquest dolor sense tu…! Torna-me-la, mar immens...!

Remor.

—Onades, torneu-me… el germà, feu que ma germana sigui amb… mi…, no em deixeu sola, feu… que no sigui veritat, si us plau, m'agenollo, torna-me'ls…, mar misericordiós, torna-me'ls…

I així, somicant, fins a quedar exhausta quan em va caure a sobre el capvespre i unes dones es van acostar. Havien estat cosint les xarxes a prop d'on era jo i em van oferir un tros de pa i aigua i vaig acceptar-ne un glop. Tenia la boca seca i salada, el cos fred i els ulls ofegats de tants planys. Vaig tornar al camió i vaig decidir passar la nit a dins, embolcallada pels totxos i rajoles, el bocí de bòbila que venia amb mi, i dormir com quan havia arribat amb l'Elisa feia només uns dies, que semblaven una eternitat. Vaig deixar-me portar per una mena de son arraulida, gemegant, amb el sentiment que havia envellit, de cop, anys.

7

A l'aurora vaig reprendre el camí que em tornava a casa, sola. Conduir m'aplacava. Havia d'estar amatent, buscar una benzinera, revisar les rodes, netejar els vidres, obrir la carcassa i mirar les bugies i l'aigua del motor i el nivell de l'oli. El llot i la pols l'entapissaven de dalt a baix. Els aiguats dels últims dies havien deixat els camins amb regueres i tolls que el sol de primavera assecava de pressa. Les restes de llim, com la tristor, es filtraven per cada racó. Vaig resseguir el camí tal com l'havia fet a l'anada. Reconeixia els pobles que travessava, les carreteres, els revolts, els ponts, però tot era diferent. L'angoixa m'allunyava del món, dels paisatges, dels camins. Era com un tel que embromava tot allò que s'esdevenia al meu davant, amb el presagi que el pitjor encara estava per venir.

Vaig fer nit a la posada dels Brucs, només se sentia el silenci. L'endemà vaig reprendre el camí amb la mateixa pena i un xic més d'ofec. Vaig baixar les corbes i les ziga-zagues curosa de no derrapar. Vaig travessar les extenses rectes amb camps d'ordi a banda i banda, sense fixar-me si el vent les feia moure com les onades del mar. El primer que s'albirava del poble era el fum de la xemeneia, que em va fer pensar de seguida en el forn que funcionava dia i nit i cada dia de l'any, sempre. Avui, més fosc que mai. Era el capvespre i semblava tot desert. Malgrat això, en aturar el camió davant la bòbila, un grup de marrecs van sortir del no-res fent crits de «camionera!, camionera!, conca!, conca!», mentre em llançaven pedres petites o potser lledons, que tamborinejaven a la carcassa. No m'esperava la rebuda. Vaig fer sonar la botzina fins que algú va obrir la porta del pati de la bòbila i vaig entrar girant tot el volant amb compte, amb els crits a les orelles i el repic dels còdols darrere el camió.

—Au, aneu a pastar fang, poca-soltes! —es va sentir la veu del Julià, que els espantava amb moviments intimidatoris i tancava la porta d'una.

No podia baixar del camió. Vaig prorrompre en plors contra el volant, el món queia sobre meu. En aixecar la vista, la mare em mirava des de la porta de la casa amb rostre de vella. El pare, al llindar de la casa, amb una mà a la ronyonada i gest de dolor. En Julià s'havia quedat en un racó, vora el forn, amb les fileres de totxos, teules i rajoles al davant, alerta. Crec que vaig veure la Teresa pel vidre de la finestra de dalt. En Jaume no hi era. Ningú no deia res. Havia de mostrar fermesa, jo. Em vaig eixugar les llàgrimes i vaig obrir la porta del camió. La mare es veia petita, feble, amb la mirada compassiva, es va acostar. La vaig abraçar amb finor, sense estrènyer.

—Ja soc a casa —vaig mormolar.

Em vaig apropar al pare, que continuava repenjat a la porta i a un bastó, demacrat. Li vaig fer una carícia a l'espatlla.

—Ja soc a casa, pare —amb veu més alta.

Em van seguir com dos gossets fins a la cuina. Una llesca sucada a la tina d'oli m'esperava a taula, i un got de llet. «Com quan anava a estudi», vaig dir-me. La llar encesa, un fanalet de llum elèctrica, tènue. Vaig observar-ho tot, com de nou. Volia asseure'm i menjar, però els seus interrogants silenciosos m'angoixaven, m'oprimien la gola.

—Estic molt cansada, pares. Demà us ho explicaré tot.

I vaig agafar el got de llet i me'l vaig endur a l'habitació. La Teresa dormia o ho feia veure. Volia jeure i agafar el son de seguida, exhausta de tant patir. Al meu llit algú hi havia deixat la Drapeta, la nina de drap que havia estat meva i després de l'Elisa i de la Teresa, reposant-hi. Per primer cop, la vaig acaronar i li vaig pentinar els cabells de llana amb tendresa. Per primer cop, em vaig adormir amb ella entre els braços, mentre sentia l'udol de l'òliba, proper.

De bon matí, el món de la bòbila començava a funcionar. Em vaig llevar ben d'hora i, en mirar per la finestra, els homes ja feinejaven. Les peces d'argila s'amuntegaven al pati endreçades en pilones ben altes per la manca de repartiment. N'hi havia de tota mena: maons, totxos, cairons, rajoles, pitxolins, toves, barretes i mitjans, a més de les teules de diverses mides. Havia de ser un malson, segur, tot havia estat un malson. Vaig recordar quan el pare deia que les peces eren com les persones, cadascuna és diferent i té una utilitat que no té l'altra. Em va semblar que totes les peces eren més blanques, com si haguessin passat més temps al forn. Un malson, segur. «I els pitxolins, pare? Què són els pitxolins?». «Els pitxolins són com tu, filleta, petits, prims i llestos, i serveixen per a tot!». Vaig cercar el pare pel pati de la finestra estant, però no hi era. En Jaume sí que hi era, entre els homes, encara menut, però. La Teresa s'havia llevat abans que jo. Segur que ja trescava i feia l'esmorzar per a tothom. Malson. Vaig descendir les escales lentament, volia postergar tant com fos possible el moment de trobar-me els pares. La mare estava sola a la cuina.

—Filla, abans que m'expliquis res, vull dir-te jo el que ha passat aquests dies. Els padrins han empitjorat, i l'oncle Siscu també. Tots tres són a la cambra, malalts. Va venir el metge a veure'ls i diu que estan afectats de malalties diferents. Els padrins, de grans; l'oncle, de... pena, de veure'ls així. La Teresa i jo en tenim cura, dia i nit. Cal estar-ne pendents tothora, en qualsevol moment poden tenir una davallada i anarse'n al cel tot d'una. Ton pare tampoc està bé, amb el mal d'esquena no pot fer feina i això el fa estar de molt mal humor, bé, això ja ho sabies, no ha canviat. Sembla que una maledicció hagi caigut sobre la família. Digues-me només si l'Elisa està bé.

—Sí, mare, es va quedar molt bé, és una bona casa i li pagaran bé.

—Sort d'ella, que ens enviarà diners. Sense el pare al capdavant, la bòbila no en fa prou. No surten comandes o no es reparteixen, no ho sé del cert.

—No passi pena, mare, ara hi soc jo i tornaré a repartir amb el camió i ens en sortirem.

—D'això també te'n volia parlar, Lola. —I el relat es va revestir d'un to més greu—. Em va venir a veure mossèn Benet mentre no hi eres. Amb un grup de dones de la parròquia. Em van demanar, «suplicar», en van dir, que deixessis de conduir el camió, que no era feina de dones, que va contra natura i contra les lleis cristianes.

—I què li va contestar?

—Que ja tens gairebé vint-i-tres anys i és la teva feina, que ens cal i no fas cap mal a ningú, al contrari, ens fas un bé. Aleshores va intervenir el capellà, que si això no està ben vist als ulls de Deunostresenyor, que ha fet els homes i les dones diferents, perquè elles portin fills al món i els cuidin i també el marit, i no perquè facin d'homes ni les seves feines i coses així. I que seria més escaient que en prenguessis, de marit, que ja tens edat casadora, que potser ja t'està passant.

—I vostè què en pensa, mare?

—Jo vull el millor per a tu, filla. No vull que t'assenyalin, que et facin mal ni que en prenguis. Ja saps el que deia la padrina, la vida no és tan complicada com te la complicaran.

—Ai, mare, aquesta és la frase de l'Elisa que em va dir tot just abans de partir.

—Doncs ja la deia la padrina, d'aquí li deu venir, i és ben certa, pensa-hi, de veritat. I ara digues-me, Lola —i la veu li sortí més fluixa—, què vau saber del teu germà? Vau trobar en Pere a la presó? Estava bé de salut?

—No, no el vam poder veure. L'havien canviat de presó i no admetien visites.

—No era al castell?

—No, mare. Quan hi vam anar, que vam pujar fins al Castell de Montjuïc, els militars ens van dir que l'havien traslladat a una altra presó, més a prop de Barcelona, la presó Model, es diu. I quan ens hi vam atansar, ens van dir que no rebien visites per a cap intern fins més endavant.

—I vau preguntar per ell, si estava bé?

—Sí, ens van dir que era allà i que hauríem de tornar-hi passats uns dies. L'Elisa havia d'anar a la casa dels senyors Bellmunt, que ja fèiem tard, que per la carta que vau enviar havia de ser uns dies abans, i tot es va precipitar. Ja hi tornaré, que ara conec el camí, i així podré visitar l'Elisa i el nostre germà. No passeu ànsia, mare, ho faré.

—Quin neguit, filla. Pobret, què li espera allà tancat, en

aquells mons de Déu. Una maledicció, ja t'ho dic, filla, una maledicció és el que ens ha caigut a sobre, valga'm Déu.

Havia escenificat tot el guió esquivant-li la mirada. Com que érem a la cuina, feia com que feinejava, destriant llenties i preparant l'olla, però, a mesura que alimentava la impostura, més em creia el meu propi relat. En acabat, jo mateixa estava segura que en Pere era a la presó Model. Que no l'havia pogut visitar i que caldria tornar a ciutat per veure'l i també l'Elisa. Que continuaria conduint el camió, malgrat tota aquella persecució. Que em trauria la llicència de conduir, encara que hagués de ser la primera dona a fer-ho. I que si un dia sentís dins el meu cor que ja no podia més, que m'embrollaven tant la vida que ja no aguantava més, ho engegaria tot a rodar. I s'hauria acabat. Prou.

D'ençà de la tornada, repartia la producció diàriament arreu. Quan podia, també amb en Jaume, que tot i que se'l veia tan infant, ja era un noi tan gran com en Pere quan venia amb el carro amb mi per llenya, feia tant i tant de temps. Molts dies em trobava el grup de xicalla que em llançaven lledons. Jo els escridassava i ells m'imitaven i se'n burlaven. En Jaume no tenia prou caràcter per enfrontar-s'hi. Se'l veia passar-la magra, anguniós. Quan agafàvem la carretera que ens duia a casa, ja mirava a dreta i esquerra, i quan sentia els primers impactes, tremolava tot. Un dia vaig fer un cop de volant per espantar la canalla i gairebé tombem. El pobre Jaume es va espantar molt, i per això li vaig dir que no calia que m'acompanyés més.

—De debò, germana? No t'estimes més que vagi amb tu?

—No, gràcies, Jaume. Val més que ajudis al terrer o amb

la llenya o el carbó, jo ja me les puc compondre sola, no pateixis —li vaig dir, i va respirar alleujat.

A més de la mainada del poble, encoratjada probablement pels seus pares i mares, que em jutjaven, i pel mossèn i les dones, que consignaven tot el que deia i proclamaven als quatre vents que no era bona cristiana, també hi havia els col·legues. Altres homes que conduïen camions per la comarca, tant de la nostra vila com de les properes i de les més llunyanes que travessaven pels quatre camins. Tots em coneixien, era l'única dona i parlaven sovint de «la camionera». Més d'un cop els havia enxampat xerrant quan aparcaven junts els vehicles per fer un mos o omplir el dipòsit de benzina, i improvisaven qualsevol altre tema quan jo m'hi acostava. No aprovaven que jo conduís el camió, creien que no hi tenia dret, que els treia la feina que pertocava als homes. Van ser ells, no sé qui en concret, els que van anar als guàrdies a denunciar-me per no tenir la llicència per conduir. Un matí es va presentar a la bòbila una parella de la Guàrdia Civil. Venien de l'altre poble perquè al nostre no n'hi havia, de caserna. Van pronunciar el meu nom i cognoms, però jo no hi era, i els va atendre el pare. Els va contestar que jo tenia el seu permís, l'autorització paterna, però li van fer un requeriment perquè havia de disposar de la llicència oficial de conduir. Que em donaven un termini de tres mesos per treureme-la i que, si no, m'haurien de denunciar i confiscar el camió, potser. Vaig anar al taller de l'Alsina, on ho sabien tot, d'aquesta matèria. Em van dir el que costava, una dinerada, i que per aspirar-hi era imperativa l'autorització paterna, i que consistia en una prova molt difícil i que hauria d'anar a la capital i que ja ho veuríem, que no hi havia cap dona en tota la província que en tingués, que dubtaven que jo pogués obtenir-la. Però, entre tants judicis i pronòstics, el cas és que em van dir on es feien els exàmens.

Vaig comptar els meus estalvis i vaig veure que en tenia prou. Vaig sortir ben d'hora amb la comanda, la vaig repartir i vaig continuar carretera avall fins a Lleida, a l'adreça que tenia anotada. Eren unes dependències oficials, on em van informar que s'havia de concertar un dia i una hora per fer la prova. Que, per molt que jo conduís un camió, això no era motiu per no fer l'examen, que tothom l'havia de passar. L'home que m'atenia va afegir:

—Això sí, senyoreta, el permís de conducció de vehicles de motor està reservat per a homes. No tenim constància que cap dona s'hagi examinat en aquestes dependències.

—Doncs jo seré la primera —vaig dir—. A la llei no diu que no pugui ser. A més, ja n'hi ha en altres indrets, a Barcelona també. Ho pot comprovar.

—No n'estem segurs, que es pugui examinar, senyoreta, ho haurem de consultar amb els nostres superiors i a veure què diuen.

—M'esperaré.

Vaig esperar un parell d'hores a la porta de l'oficina. Estava segura que es pensaven que me n'aniria, que em cansaria. No pensava claudicar. Havia arribat fins allà després d'un camí fatigós i ara no podia deixar-ho estar. Aleshores va fer acte de presència un altre home que ja es veia que tenia vara alta i es van posar a parlar. I em van acabar cridant.

—Senyoreta Lola Roig Codina, pot omplir aquest paper i li direm quan ha de venir a fer l'examen. Ha de pagar les taxes i estar segura que en sap, de conduir, perquè la prova serà dura.

Vaig emplenar el full sense titubejar.

—No seria possible que em fessin la prova avui mateix?

És que jo treballo amb el camió i he de tornar per repartir el material al meu poble, que és a tres hores de camí.

—O sigui, que és vostè camionera? Encara no n'havia conegut cap.

—Sí, senyor, al seu servei.

—Ho sento molt, senyoreta, haurà de tornar demà. A primera hora la podrem examinar.

No tenia diners per a un llit i menys per a sopar. La mare m'havia preparat un cistell al camió i amb això ja passava. Havia d'avisar els pares, devien estar alarmats que no hi tornés. Vaig demanar on podia fer una trucada i em van enviar a l'hostal. Des d'allà vaig telefonar a la fonda, on tenien l'únic telèfon de tota la vila, a banda de l'Ajuntament, és clar. S'hi va posar un germà d'en Martí. Li vaig demanar que anés a la bòbila a comunicar als pares que faria nit a Lleida, que la prova era l'endemà. De l'altra banda del fil m'arribava la seva veu, repetint-ho tot ben alt perquè tothom en tingués notícia, i crits i comentaris i riures superposats. Aleshores va agafar el telèfon la seva mare, que, malgrat tot, sempre m'havia tractat bé.

—No pateixis, Lola, ara envio el vailet a casa teva. Que tinguis sort.

Aquelles paraules em van enfortir. Per primer cop algú em desitjava sort en tot el camí ple de paranys. I era la mare d'en Martí, bé, la dona del seu pare, com ell deia. Vaig recordar la partida d'en Martí, que li havia deixat els diners per al viatge i que hi era per acomiadar-lo i també la seva mirada, un xic compassiva. No n'havia sabut res més, d'ell, només quan gosava preguntar-li em contestava un «està bé, sembla que està bé», sense més ni més.

Vaig dormir al camió, ja hi estava avesada. Tenia por de no estar prou espavilada per a la prova, però els nervis m'havien fet llevar ben d'hora i em sentia llesta. Em vaig rentar la cara a la font amb aigua fresca i vaig fer camí cap a les oficines. Quan hi vaig arribar, hi havia el superior, que em va demanar si havia conduït cap altre vehicle que no fos el camió, i vaig dir que no.

—Aleshores, la prova serà amb el seu propi camió. Ha de tenir-lo aparcat aquí al davant d'aquí a dues hores.

—Dues hores? És molt de temps! Jo necessito enllestir-ho i tornar al meu poble, m'esperen i he de treballar —vaig exclamar, inútilment.

Vaig esperar-me dins del camió les dues hores estipulades fins que el senyor va decidir presentar-se. Va muntar al camió i segué de copilot. Va mirar al davant.

—Ja pot arrencar.

Vaig respirar fondo i vaig iniciar la conducció. Em va fer anar a dreta i esquerra, amunt i avall, aparcar i aturar-me diversos cops. Ho vaig fer tot perfecte. Aleshores em va preguntar sobre el motor, parts de la mecànica i del funcionament. Ho sabia tot. En arribar, ens esperava l'altre home.

—Tot ha anat molt bé. Haurem de donar-li la llicència, a aquesta senyoreta. Serà la primera dona de tota la província —va arquejar les celles—. Espero que estigui contenta. —I em va mirar de perfil.

Jo vaig somriure. N'estava tant, de contenta, i alhora de descansada, pensant que ja hi havia un obstacle menys, que l'havia superat. Em van donar la llicència i la vaig contemplar pletòrica, amb un xic de vanitat.

Quan vaig tornar a casa, ja cap al tard, m'esperaven la tropa de canalla i força més veïns del poble. S'havien concentrat a la porta de la bòbila. Tothom m'escridassava per diversos motius. Perquè els treia el pa, als homes?, perquè no m'ocupava de feines de dones?, perquè duia pantalons?, perquè tenia la llicència de conducció? No ho sé, ni ho puc saber, però ho feien. Se sentia per sobre de tot l'alarit de «camionera!, camionera!», com si l'escopissin amb odi, amb ràbia, com si jo fos una criminal. Volia celebrar que era la primera dona de la comarca i de totes les terres de Ponent a tenir la llicència, volia presumir davant la vila que ho havia aconseguit, però el poble em rebutjava per això, la meva gent em repudiava. I jo ja no podia més.

8

El diumenge després de Corpus vam enterrar els padrins. Tots dos alhora. Al matí moria la padrina i a la tarda, el padrí. L'oncle Siscu va perdre el poc senderi que conservava en veure que no hi havia els pares, vam avisar el metge i se'l van endur el mateix dia. Va anar a parar al manicomi de la comarca, tancat, feia molta pena. Com ens temíem, marxarien tots tres junts, tal com havien vingut. A l'església hi havia tot el poble. Els uns per ser diumenge i els altres per a l'enterrament, que, al capdavall, eren els pares de l'Antònia de la bòbila, que tothom coneixia. Nosaltres hi érem tots, els que quedàvem. La mare tota de dol, prima, feble, havia minvat fins a semblar una merla vella després d'una tempesta. El pare amb el seu bastó, coixejant, amb la mirada perduda, com si amb ella hagués perdut l'ànima. La Teresa, en Jaume i jo. Dels homes de la bòbila, només en Julià, sempre fidel. Ens mancaven l'Elisa, en Pere, la Margarida... i, a mi, també, en Martí, la senyoreta Enriqueta i les amigues de la infància, perquè les dones que ara es deien Cèlia i Maria em malmiraven com tota la resta. Em sentia sola. Jo, passats els vint-i-cinc, ja era gran, em veia gran, i un sentiment de solitud m'envoltava tota des que feia més d'un any havia tornat de Barcelona.

A vegades pensava en el mar, que em calmava. La seva immensitat em duia a somiar altres mons. Sobtadament, em va tornar a la realitat un altre cop el mossèn amb el seu sermó i el seu dit índex que m'assenyalava. Que si acomiadem aquest home i aquesta dona que sempre van saber el lloc que Deunostresenyor els havia assignat a la vida, que si la dona feia de mestressa de casa, cuidava el marit i les criatures i que l'home treballava al camp, a les fàbriques o transportava el que calia amb cavalls o amb vehicles de motor, que no hem d'anar en contra del progrés, però que ningú es confongui, això no vol dir anar en contra de l'ordre diví sobre totes les coses, que les dones han d'anar amb faldilles, amb pudor i temor de Déu, i que no han de fer tasques que pertanyen als homes d'acord amb l'ordre diví, que ja ho deien les Sagrades Escriptures... I les dones i els homes que es giraven cap a mi, sense dissimular, i alguna rialla sorda i estossegada forçada que em travessava tota.

La ràbia em va començar a pujar per la panxa i em va enrojolar de fúria, les llàgrimes pugnaven per esclatar com un torrent desfermat, i llavors vaig notar la mà de la Teresa, que premia la meva amb força. Tal com havia fet l'Elisa només d'un temps ençà, abans d'anar-se'n a ciutat. Em vaig asserenar i vaig deixar de sentir la veu del mossèn. Vaig evocar l'Elisa dient allò que cal fer el que els capellans diuen, però no el que fan, i vaig esbossar un somriure de suau revenja.

Em va retornar al pensament el viatge a Barcelona, tot el que havia succeït des d'aleshores, com havia trencat amb diverses excuses la promesa que havia fet a ma germana que tornaria aviat a visitar-la. I com la mare ja no em preguntava si hi aniria i si veuria el germà, que potser ensumava el que no volia sentir i que assumíem com si fos un misteri més de la vida.

Fins a fixar en la meva ment la imatge del mar, la immensitat del mar, que calma.

Vam fer el seguici fins al cementiri nou. La mare portava del braç el pare, vençut. La Teresa i en Jaume, cadascun em voltaven, com per protegir-me. Havíem de travessar tota la vila i anar carretera amunt i passar per davant la bòbila. Vam veure la porta des de la distància, algú hi havia pintat «Fora camionera!» i hi havien penjat un espantaocells amb cabells de dona i una panotxa a l'entrecuix. Tothom s'ho va quedar mirant, menys la família, que ens vam fer els cecs. Excepte jo, que em vaig aturar a posta al davant amb els ulls amunt al cel, que em vaig ofegar amb més ràbia que mai, que tot el camí de principis d'estiu ple de flors i olor de gessamí no podia apaivagar la ira que em sufocava. Que lentament es convertia en determinació, en rauxa de les qui han decidit donar-ho tot per una causa, sacrificar-se, a la fi, amb dignitat. En aquell instant una idea borrosa va brollar en mi i va anar envaint tota la meva consciència, fins a adquirir una transparència absoluta, com si em trobés en una cruïlla de camins i una llum enlluernadora n'il·luminés només un, el que em duia cap al precipici.

Tan bon punt vam trepitjar el cementiri, vaig deixar anar la mà de la Teresa que em prenia i vaig abandonar el grup. Vaig refer el camí de tornada per la carretera. La mirada ferma amunt vers la xemeneia que s'enlairava sobre tot, que tocava el cel, tèrbol, del sutge que ara ho enfosquia tot. Vaig obrir la porta, no hi havia ningú, ni tampoc al forn que continuava funcionant dia i nit i cada dia de l'any, sempre. Vaig anar cap allà, com si una força m'hi atragués i, sense saber com, m'hi vaig trobar al davant, tibant del ferro de la pedra que el tancava, i, de sobte, allà es veia el roig del carbó abrandat, l'escalfor, el fum, les flames, l'infern. Em vaig remenar les butxaques, vaig treure'n els guants de conduir, me'ls vaig mirar i ensumar, els vaig fer un petó i els vaig llançar a dins, on es van confondre de seguida amb el caliu de les brases i van desaparèixer sigil·losament i vaig tornar a tancar la tapa del forn.

Enmig del pati m'esperava el camió, fidel, lleial com sempre. Li vaig passar un drap per les motllures d'acer fins que van lluir: els fars, els retrovisors, em vaig emmirallar en un, es reflectia la noia que coneixia bé, ara més vella, enrabiada, gairebé derrotada. Em vaig situar sobre el reposapeus del camió, que em feia de tarima d'escenari, mirant el portaló de la teuleria, obert de bat a bat, esperant que hi arribessin. I vaig respirar fondo. Ho van fer al cap d'una estona, tal vegada massa breu per endreçar el discurs. Els primers, el pare amb el bastó en una mà i el meu germà Jaume a l'altra; darrere, els tres obrers, i després ma mare i la Teresa del braç. Tres dones es van quedar a la vorada del portaló obert. A la carretera es veia el mossèn amb un grup de cinc o sis persones que formiguejaven vers la meva posició. A mesura que entraven, aturaven el pas en veure'm allà tesa amb els braços plegats, ferma, amb el cos a punt per dir-los alguna cosa que ja s'intuïa transcendental. Es van anant situant en semicercle, intrigats per escoltar el que els havia de dir, la meva solemne promesa.

—Escolteu-me, tinc una cosa a dir i vull que la senti tothom. També els que sou fora, acosteu-vos! —I vaig agafar aire, mentre entraven, vacil·lant, els que eren al llindar i a la carretera, i es col·locaven rere els que m'escoltaven, com en un teatre, on jo era l'única protagonista.

En to greu vaig alçar la veu projectant-la fins al cim de Sant Pere.

—Juro davant vostre i davant Déu, que ens escolta, que a

partir d'avui mateix no tornaré a conduir el camió que tant he estimat i amb què he compartit els dies més feliços de la meva vida, i també els més tristos. Heu guanyat, sí, vosaltres! —I vaig apuntar amb l'índex dret, els qui eren més lluny—. I juro que, amb el primer home que a partir d'aquest moment traspassi el llindar d'aquesta porta, m'hi casaré.

Un silenci gruixut es va escampar arreu, no se sentia crepitar el forn, ni tan sols el cant de cap au, tot es va quedar en suspens i jo, com afusellada per un escamot que m'observava, incrèdul. La Teresa i la mare van intentar dir-me alguna cosa, però els vaig fer un gest de rebuig. De lluny se sentia un cotxe de motor que passava per la carretera, que s'acostava i, després de travessar pel davant, es va parar. Un home en va baixar i va traspassar la porta, va mirar l'escena sense comprendre-la i va dirigir-se cap a mi.

—Noia, que tens una mica de benzina que et sobri, per deixar-me'n? Eh, tu, la camionera!

Era en Falciot.

Epíleg

He partit fa quatre dies, un matí de finals d'estiu, sense dir res. L'endemà de l'aniversari del meu fill petit. He agafat la maleta que tenia aparellada sota el llit feia temps i m'he deixat portar pel cotxe de línia a Barcelona. Allà m'espera un trajecte en vaixell de trenta-dos dies, fins a l'altra banda de l'oceà, a la fi del món. És un viatge sense retorn i potser no veuré més els meus fills. Els deixo una carta. N'hi ha una per a cadascun. Una per a en Ramon, el gran, que fa tres anys que és casat i viu a prop de la fonda on treballa amb el seu pare. Esperen una criatura per a finals de l'hivern. Una altra per a en Martí, que és el nom que vaig posar al segon. També hi treballa, festeja amb una bona noia del poble i està estalviant per casar-s'hi aviat. I l'última i la més difícil, per a en Rafalet. Ha fet vint-i-un anys i a estones encara és un nen, però segueix les passes que el pare marca amb solidesa i se'n sortirà, de ben segur, com tots, en aquest món d'homes.

He esperat uns llargs vint-i-cinc anys per esvair-me i per fi ha arribat el dia tan desitjat i alhora tan temut, sense que res ni ningú no pugui canviar el que havia planejat durant tants vespres i nits de solitud, d'enyorança, de penediment, de terror. Quants cops havia implorat que el temps tornés enrere, que tot hagués estat un malson i despertés quan conduïa el camió, abans del jurament i de tot allò. Però no, tot va continuar igual i ni tan sols la guerra ni el bombardeig sobre la vila van poder canviar el destí que aquell dia vaig triar o que em va triar.

Em vaig casar per despit, n'era conscient. Vaig voler demostrar que ho podia fer, que era capaç de portar una vida com les altres, tenir fills i ser una bona mestressa de casa i que tot el poble ho sabés, amb una tossuderia que ho amarava tot. En Falciot s'ho va prendre com un repte, domar la fera que era jo, doblegar el meu caràcter fins a esculpir una dona submisa i dòcil com les que es veien arrossegant-se pels carrers, mortes en vida, feinejant dia i nit, esclaves del seu amo i senyor. La primera nit de noces ja ho va aconseguir. Em va humiliar fent-me tot el que ningú mai no es podria imaginar. Ni en el més sòrdid dels meus malsons hauria pensat que em faria sentir així, quan em va forçar una vegada i una altra esgarrant-me tota, quan em va fuetejar amb el cinturó, quan em va amenaçar que si ho deia, que si el desafiava, que si demanava ajut a algú, seria molt pitjor. Que ara ja estàvem casats per l'Església i jo era de la seva propietat i podia fer amb mi el que volgués i, si ho feia públic, ho negaria, i ningú em creuria, i si ho xerrava a la família, els mataria. Va dir que els mataria, que no seria el primer cop que matava simulant un accident, que un cos borratxo queia al forn de la bòbila, que una roda punxada estimbava un camió barranc avall o que una distracció al voltant bastava per atropellar un badoc.

El camió que jo tant havia estimat i que ara conduïa potser en Julià, podia ser l'arma letal que portés la Teresa a l'altre barri, o en Jaume, «o potser tots dos alhora, amb els pares també», això va dir. Que ningú no em creuria, si ho explicava, que ell era massa important al poble i jo la conca que havia fet sort, que havia trobat un home com calia perquè la salvés del mal camí, un home de seny que l'havia tret per fi de la carretera i la convertiria en una mestressa com Déu mana, per deixar de ser «la camionera» de qui tot el poble feia befa. I va afluixar una rialla cruel que em va perforar sencera. Que havia de ser obedient en tot, que com abans ho entengués, «abans deixarem de patir».

Per què no em vaig revoltar?, em pregunto ara tal com m'he demanat en tantes ocasions, i no trobo la resposta, si és que n'hi ha. Jo, que havia estat tan forta, capaç de tot, que era la primera dona a conduir un camió a les terres de Ponent, la primera a treure's la llicència, que podia anar i venir de Barcelona tota sola sense necessitar ningú, anihilada en un sol dia, en una sola nit de vexació. I vaig esdevenir trista i submisa, estossinada.

Al cap de dos mesos esperava en Ramon. L'any següent, en Martí; l'altre en vaig perdre un quan estava de quatre mesos, i el següent va venir en Rafalet. Em vaig dedicar en cos i ànima a tots tres, es van convertir en la meva raó de viure. Quan va néixer en Rafalet, una hemorràgia va estar a punt de dur-me al clot, i aleshores vaig poder rumiar. La llevadora va fer que em duguessin a l'hospital de Lleida, perquè ho va veure greu i allà em van operar i buidar tota. Va ser una sort, ja no podria tenir més fills i això m'ajudaria a sobreviure.

A l'hospital, vaig passar molts dies aïllada. Va venir ma mare a veure'm i quan la vaig tenir allà al meu costat, em va assaltar un plor irreprimible, i quasi vaig perdre l'alè, que es va perllongar tot un dia i tota una nit. Vaig dir-li que era per l'operació, perquè en treure'm la matriu ja no podria tenir més fills, i s'ho va empassar. Mai no li vaig explicar la veritat, per a què? Prou en tenien, ella i el pare, de tirar de la bòbila i cuidar-se ells mateixos, que semblava que s'anaven consumint des de feia ja molt de temps, d'ençà de la Margarida i d'en Pere. I més cru que ho tindrien més endavant, quan els voldrien confiscar la teuleria a l'inici de la guerra i no ho van fer, però sí que els van prendre el material, i després van haver de demostrar que no eren rojos i per això havien de lliurar tota la producció a la causa del Movimiento, i van passar gana, i jo n'estava al cas i els portava clandestinament tot allò que podia de la fonda, sense que el marit se n'adonés. Tret d'una vegada que em va enxampar i em va apallissar, amb tota la seva ferotgia. Vaig passar un dia al llit, els blaus del cos em van durar tota la tardor.

En Falciot, mai no li vaig voler dir pel nom, cada cop era més fort i tenia més poder. Durant la República va sobreviure subornant a tort i a dret, fins i tot els anarquistes, per sortir-ne indemne. Per la guerra, va al·legar no sé quina excusa mèdica amb un certificat fals. Després de la guerra va ser encara pitjor. Es va fer de la Falange, el més falangista de tots, el més dur i venjatiu. Va arrabassar delacions de veïns i veïnes que ningú no hauria cregut possibles. Va forçar la família Sala que li traspassessin la fonda. La gent aprofitava per apoderar-se de terrenys que sempre havien ambicionat o de qualsevol altra propietat o negoci.

Els pares van estar a punt de perdre la bòbila menjats pels deutes, sense força per lluitar, i només quedava en Jaume, que, pobre, era massa tou. Però jo hi vaig intervenir, vaig suplicar a en Falciot que fos clement, em vaig agenollar davant seu, li vaig pregar com si fos un déu, somicant, jurant, lliurant la poca dignitat que em restava, fins al súmmum de la humiliació. Va ser llavors quan el pare va morir sobtadament, d'un atac de cor o del neguit. Vaig arreplegar una mica de diners per parar el cop. El meu germà Jaume va agafar les regnes de la bòbila i va poder subsistir durant anys, mantenint el forn funcionant dia i nit i cada dia de l'any, sempre.

Es va casar amb una bona noia i van tenir una nena. Li van posar Antonieta, per la mare, que havia mort l'any passat. Pobra mare, havia perdut el cap. Ho confonia tot. Ja no reconeixia la gent, llevat de mi. Vaig estar al seu costat fins a l'últim alè, li vaig poder dir que no patís, que tot era com havia de ser, que se n'anés en pau. Una nit que la vetllava, vaig sentir que deia amb un fil de veu que se n'anava amb en Pere, que aviat el podria bressolar i descansarien plegats. No va fer esment del seu home, ni dels padrins, ni tan sols de la Margarida. Mai ningú no havia anomenat en Pere en tots aquells anys fins aleshores, ni el pare ni la mare van tenir el coratge d'esbrinar què havia passat.

Només un diumenge d'estiu, dies després de la mort del pare, la mare em va demanar d'acompanyar-la al cementiri. Davant la làpida, es va treure un llapis de fuster de la bossa i em va fer posar el nom d'en Pere al costat del de la Margarida. Va dur-hi flors fresques gairebé cada diumenge, mentre va poder caminar. No vaig avisar l'Elisa per a l'enterrament, tot i que sé que hauria volgut ser-hi. L'Elisa ha tingut també tres fills i molta feina, vaig pensar que no arribaria a temps i que no calia, que li escriuria i prou. Ella va encertar-la més. Es va casar amb un home que estimava, l'Enric, el cambrer del restaurant on va anar de cuinera després de fer de minyona dels senyors Bellmunt.

Al principi ens cartejàvem sovint i m'ho explicava tot.

Com quan em va escriure amb la seva lletra infantil que, just acabats de casar, el seu home havia contret una malaltia contagiosa i els metges li havien dit que no hi havia res a fer, que es moria i que ningú no podia atansar-s'hi sense risc d'acabar com ell. Ella va desobeir els metges i es va tancar a l'habitació amb ell durant quaranta dies, amb totes les plantes i els remeis que coneixia. No es podia permetre perdre aquell home, i el va salvar. Jo mai no li vaig dir la veritat del meu turment, m'ho vaig guardar només per a mi, no volia compartir-ho ni amb la germana en qui havia confiat sempre, i ara penso que això ens va distanciar. Les seves lletres versaven sobre la seva felicitat, jo li parlava de futileses a fi de no ser descoberta. Buscava excuses per fer-li canviar de parer si volia venir a la vila, i així van passar els anys sense que mai tornés. S'estimen molt, amb l'Enric, és un bon home i, a més, alegre i de vida com l'Elisa, l'amor en persona... Quant t'he enyorat!

La Teresa va viure els anys posteriors al meu casament en silenci, tal com era. Al cap de poc també es va esposar amb un home de fora de la vila que comerciava amb fustes. Se la va endur a un poble prop de Montserrat i no ha tornat mai més. No escrivia gaire, la Teresa, però la mare li telefonava periòdicament i xerraven. Va tenir dos fills, i tot i que sempre deia que estava bé i feia com que somreia amb la veu, tampoc no va fer gaire sort. La mare em va explicar que el seu home s'havia arruïnat, que passaven penúries i que calia ajudar-la. Jo li enviava de tant en tant un paquet amb viandes que furtava de l'hostal que li feia arribar quan podia amb el cotxe de línia o amb algun viatjant conegut, i hi afegia una carta bonica amb mentides sobre la meva felicitat i veritats sobre la felicitat de l'Elisa i d'en Jaume, esperançada que li'n podria enviar ni que fos un bri i fer-la somriure de debò per un instant, potser.

Tot està al seu lloc, ara puc partir. Per evitar que en Falciot carregui contra els fills, li he explicat en una nota que l'Elisa està malalta i que em necessita i he de cuidar-la uns dies a Barcelona. He posat la carta per a ell dins de la que he escrit a en Ramon, el qual té instruccions de lliurar-la-hi a la nit, quan jo ja sigui a Barcelona i, en veure que no torno, a hores d'ara potser ja li haurà trucat, i per això també he escrit a l'Elisa explicant-li-ho tot o gairebé. Li he dit que d'un temps ençà tenia el delit de conduir un camió altre cop, que els fills ja eren grans i no em volia morir sense fer-ho. Segur que pensarà que m'he begut el cervell, o potser no, potser ho comprendrà tot d'una, que tinc necessitat de renéixer, que la vida no és tan complicada com te la complicaran.

El vaixell sortirà de matinada d'avui en dos dies i en trigarà trenta més a recalar a l'Argentina. Vaig contactar amb uns parents d'una dona que va parar un dia a la fonda, que explicava històries d'un lloc llunyà, la Patagònia, es diu, on es veu que els cal gent que condueixi camions de transport per carreteres «que de tan prolongades hom juraria que són meridians terrestres». Jo escoltava la conversa que tenia amb el seu home i altres camioners que havien parat a dinar, i vaig demanar-li les dades quan ningú no em veia, no recordo amb quin pretext. Vaig escriure-hi d'amagat amb l'adreça de la bòbila. No fa gaire em van contestar: ja tenia feina i lloc on viure. Tal vegada un cop allà buscaré en Martí, o potser no. He preservat la seva carta com una relíquia. La vaig rebre a la bòbila, un cop jo casada. La Teresa va venir a donar-me-la, de sotamà.

Benvolguda Lola,

Perdona'm tot aquest temps que no has sabut res de mi. M'ha costat molt trobar un lloc on viure i una feina digna. Vaig venir amb una d'aparaulada, però no va rutllar. He hagut de treballar molt i he canviat de ciutat més d'un cop. Ara per fi puc dir que ja he niat en una vila bonica que es diu Alta Gracia, amb bona feina i bons guanys. Tinc una caseta petita per a mi sol. I per a tu, si vols. Aquí hi ha feina i futur i hi soc jo, que custodio la teva olor al meu cor.

Martí

Era de feia més de vint-i-dos anys, i el remitent era al revers del sobre.

No li vaig contestar. La vaig enterrar sota una rajola, a casa dels meus, dins una capsa de llautó, on també he resguardat la novel·la que no vaig retornar a la biblioteca quan la van tancar i que m'ha acompanyat tots aquests anys, *Solitud*, i el conte de l'Englantina, el retrat de la meva primera comunió, una trena de la Drapeta, un còdol del riu rodó i suau i una ploma de cua de cadernera. He recuperat la capsa fa uns dies i ve amb mi, amb la carta a l'interior.

No he sabut res més d'ell. Quan la seva família va malvendre la fonda a en Falciot, em van dir que estava bé, i prou. I d'això fa l'edat d'en Rafalet. Llavors, amb els tres nens, l'últim encara de llet, vaig començar a despatxar a la fonda dia i nit i cada dia de l'any, sempre. La tarda que va entrar la seva mare, li vaig demanar per ell. Em va dir que s'havia casat i tenia fills i que no pensava tornar, i em va conferir una mirada compassiva. I ara me n'hi vaig jo, al mateix país d'ultramar. No per cercar el noi que va desaparèixer quan érem tan joves, que ni tan sols vaig arribar a estimar i que ja és una altra persona, sinó a mi mateixa, la dona que vaig ser i la que soc ara, que, en sentir el cant d'un ocell qualsevol, torno a ser.

A un lloc on tot és esperança. Un lloc on començar de nou, fer camí, amb un camió, i ser jo mateixa, la camionera.

Agraïments

Aquesta novel·la és fruit d'un desig llargament covat i els agraïments són per a totes les persones que m'han deixat petjada. Des de les meves mestres d'escola, la Teresa i la Carme, que em van transmetre l'amor per la literatura, fins a la Iolanda Batallé, que em va iniciar en la narrativa en un curs meravellós.

Al campus d'escriptura de la meva estimada amiga Lolita Bosch. De la seva mà he après a crear un món i a construir-lo, amb la lectura i la mirada de les meves entranyables companyes de viatge: Elvira, Irene, Espe, Gemma, Llanos, Bego, Fluvià, Pepa Aguar... i les aportacions i lectures d'en Fitete, en Juan i en Fernando, la Paca Tomàs i en Xavier Torras, la Teresa Carbonell i la Magda Ramon, coetània de la història.

A l'Antonieta Vila, filla de la bòbila i d'en Jaume, i a la seva família. Al seu fill Ramon i a la Montse, que porten les regnes del restaurant Lo Ponts amb mestratge, al mateix indret precís on hi havia la «xemeneia» i que, com el forn, funciona dia i nit i cada dia de l'any, llevat dels dilluns, sempre, per sort nostra.

Altres persones hi han contribuït decisivament, com la meva amiga Àngels Sala, que m'ha deixat el seu avi Martí per al personatge i amb qui hem coincidit en els orígens i hem compartit mil aventures; en Josep, que sap de cotxes, de com es fan les coses, d'acompanyar-me a les bòbiles i a la vida en general; el meu fill Lluís, que m'ha aconsellat i ha il·luminat alguns passatges; la meva filla Lupe, que m'ha escoltat i ha opinat amb criteri, i la Teresa i en Julià, la germana i el germà amb qui comparteixo records i afecte.

A la família del meu pare, de la meva iaia Elisa, en qui m'he inspirat. Només el seu personatge i el d'en Martí tenen relació amb la realitat. La narradora protagonista parteix de la particularitat històrica de ser la primera dona a tenir llicència de conduir a les terres de Lleida i a dur un camió. La resta de trets i de personatges són ficció, i qualsevol semblança amb la realitat és pura coincidència.

Agraeixo a les bòbiles del Vallès Galí Rajolers de Sentmenat i el forn Can Duran de Bigues i Riells, per haver-me mostrat els seus processos amb generositat i entusiasme, i per preservar les bòbiles artesanals tal com eren fa un segle. Amb les seves rajoles i els seus totxos vam reconstruir la pèrgola del jardí alhora que escrivia la novel·la. A Reixac, l'indret entranyable que guarda la meva infància.

Al Museu Nacional de la Ciència i la Tècnica de Catalunya de Terrassa, gràcies per exhibir vehicles antics i un post de benzina de l'època.

Al llibre *Ponts anys enrera*, de M. Lurdes Vidal i Audet i Jordi Vidal i Sordé (Portaveu, 2011), d'on he extret molta informació i on hi ha la fotografia del carnet de conduir de la primera dona que el va obtenir a la província de Lleida.

A Antoni Samarra (Ponts, 1886 - Cabrera de Mar, 1914), gràcies per pintar la bòbila.

A les dones pioneres que ens han precedit, gràcies per desbrossar el camí encara tan feixuc, a voltes. Gràcies a totes.